# いつも来る女の人

片岡義男

左右社

# いつも来る女の人

# 目次

イツモクルオンナノヒト

五月最後の金曜日、快晴の午後四時過ぎ、半年前に三十五歳になった三浦浩市は、その私鉄駅の駅舎から南口へ階段を降りて来た。南口に出るとそこは商店街の始まりだった。いっぽうが高架で交差している二本の私鉄の、高架の下をまわり込む道が階段の出口のすぐ左にあった。階段を背にした三浦は正面に南口の商店街を見ながら、左へ直角に分かれていく脇道に入った。

この道に入ると、駅のすぐ近くでありながら、そして道の両側には店舗がならんでいるにもかかわらず、あたりは急に静かになった。私鉄の線路を越える陸橋の階段の手前で左に曲がると、おもての南口商店街と並行してのびていく裏道だった。その道のすぐ左側にある喫茶店に三浦は入った。

白いテニス・シューズにオリーヴ色のカーゴ・パンツ、そしてくすんだオレンジ色の長袖のポロ・シャツの彼は、長くした髪をうなじで束ねていた。オリーヴ色のナイロンのトート・バッグを彼は手に下げていた。ジパーで閉じることが出来るのだが、いまは開いていた。黒いナイロンのウィンド・ブレイカーが、なかばたたんで押し込んであった。内部の片側にはジパーのついた内ポケットがあり、ノートブックや筆記具、携帯電話など、必要なものすべてがここに入れてあった。したがって外出するときの三浦は、いつもこのトート・バッグを下げていた。

喫茶店に入った三浦は、左側の壁に沿ってならんでいる席のなかほどに、空席があるのを見た。そこに向けて彼は歩いた。いらっしゃいませ、とトニーが言った。一年前にムンバイから東京に来たトニーは、この喫茶店で仕事をしていた。二十代後半の男性だ。三浦は彼に笑顔を向け、軽く会釈した。

ふたりならんですわることの出来るベンチ・シートの席だ。多くの場合、ひとり客が、いくつかあるこの席のどれかに、すわった。なにごとかに気持ちを集中させて過ごす席として、常連客にこのベンチ・シートは好まれていた。三浦は十年以上前からこの店の常連だった。

ベンチ・シートの奥にすわった三浦は、かたわらにトート・バッグを置いた。水のグラスを持って来たトニーは、三浦のテーブルの脇に立ち、水のグラスを丁寧にテーブルに置いた。三浦はトニーの端正な顔を見上げた。そして、

「今日の深煎りは？」

と訊いた。

「コスタリカ」

と、トニーは答えた。

「それから、エクアドル。そして、ケニア」

いつもとおなじ口調で、彼は静かに言った。彼の日本語の音声は充分に通じた。彼の日本語にはまだ不足があると思っている人は多い。しかし、時として相手を驚かせるほどに日本語を使うことが出来たし、言葉の選びかたは常に的確だった。三浦はコスタリカを注文した。うなずいたトニーは、そのままそこに立っていた。三浦が彼を見上げると、三浦の目をのぞき込むかのように見て、

「いつも来る女の人」

と、トニーは言った。

立花仁美のことだろう、と三浦は思った。だから彼は、

「来ましたか」

と言った。

「来ましたよ」

と、なにか重大なことをそっと伝える雰囲気で、トニーは言った。

「そうですか」

「二時間ほど前に」

そう言ったトニーは、不思議そうに三浦を見た。その視線を受けとめながら、

「今度、いっしょに来ます」

と三浦は言った。

「いつ？」

という問いが返って来た。

「そのうち」

と三浦は言い、

「やがて」

と、トニーは言い換えた。

「そうです」

「いつだかまだはっきりはしていない」

いっさいの抑揚なしに、トニーはそう言った。彼が持っている癖のひとつだ。彼の言葉に気持ちを向けていないと、聞き取りにくいことがたまにあった。

「そのとおりです」

という三浦の返答にトニーは微笑した。

「コスタリカの深煎りで一杯、すぐに出来ます」

そう言い残してトニーは立ち去った。店のスペースの奥へ歩いたトニーはカウンターのなかに入った。コスタリカのコーヒー豆を手動の小さなミルで挽き始めた。ひとり客のコーヒーを淹れるとき、彼は手動のミルをしばしば使った。

トニーは愛称で、本名はアントン・セクィーラという。片仮名では当人がセキーラと書いていた。静かな印象のある青年で、黒い髪を長めにして、ヘア・オイルよりも粘性のあるグリースできれいにときつけて形を作っていた。この店ではコーヒーを淹れるだけのように見えたが、接客の全般から店の運営まで、店長代理としてすべてを彼がこなしていた。

この喫茶店の右隣に洋食の店があった。経営者はおなじだ。それぞれまったく別の店のように見えたが、調理場は共通していて、そのスペースは二軒の店の横幅いっぱいだった。駅のすぐ近くで脇道に入ると急に静かになる、という位置は、両方の店にとって有利に働いていた。この町のどこからでも、ここへ来るのは容易だった。

喫茶店ではコーヒーだけで、食事は供さなかった。したがって調理場は使わず、コーヒーを淹れるためには、調理場の外にあるカウンターが使われた。このカウンターは、隣の店とは配膳のカウンターとして、つながっていた。洋食店の客のコーヒーはトニーが淹れていた。出来たコーヒーはカップに入れてトレイに載せ、洋食店の配膳カウンターへと滑らせていた。それを受け取るのは、洋食の店で接客をしている、イスラマバードから来た女性だった。洋食店の調理場で中心となっているのは、ダッカから来た三十代の男性だった。

三浦のコーヒーをトニーがテーブルまで持って来た。お待ちどおさまと言い、丁寧にトレイからテーブルへと、カップを移した。

「コスタリカの深煎り」

「どうもありがとう」

店へ入って来た三人の女性客にトニーは応対した。三浦はコーヒーを飲んだ。二度目にカップを受け皿に置いたとき、さきほどのトニーのひと言を、三浦は思い出した。いつも来る女の人、という言葉だ。まず最初に三浦が思ったのは、このフレーズは短編小説の題名になる、ということだった。イツモクルオンナノヒト、と片仮名書きするなら、たとえばトニーのような人が言った言葉として、それはそのまま題名になる、と三浦は自分で自分に言った。

カウンターの電動ミルでコーヒー豆を挽いているトニーを見るともなく見ながら、いつも来る女の人、という語句が自分は気になっているのだ、と三浦は自覚した。気になるからには、自分に向けられたこの短いひと言に、なにかがあるのだと仮説していい、と三浦は考えた。では、そこになにが、あるのか。コーヒーとともに、三浦はそのひと言の解釈を始めた。

立花仁美のことを、いつも来る女の人、とトニーは表現した。そしてその表現には、なんらかの意味ないしは意図があるはずだ、と三浦は考えた。立花仁美という名前を知りながら、意図してトニーはそれを使わなかったと仮説するなら、なぜトニーはそうしたのか、という疑問が当然のこととして立ち上がって来る。その疑問に対して、自分は答えを見つけなくてはいけない。

立花仁美が、いつも来る女の人、であるなら、そのひと言を受けた自分は、いつも来る男の人、ではないか。いつも来る、という形容はふたりに共通したものだから取り払ってしまうと、女の人、そして男の人の、一対になる。立花仁美をその名前では呼ばず、女の人、と表現したトニーは、立花仁美を男の人つまり自分と、一対にするためだったのではないか。

二時間ほど前に立花仁美がひとりで来ました、という事実を伝えながら、さらにもうひとつ、この自分にトニーは伝えようとした。それは、なになのか。解釈を深めなくてはいけない、と三浦は思った。その思いに、深煎りにしたコスタリカの豆によるコーヒーは、何ら不足するところなく、寄り添った。

女の人は、男の人と一対だ。仁美を女の人、と呼ぶことによってトニーは、男の人であるこの自分を問題にしている。三浦はそんなふうに思考した。彼が解釈を深めると、たいていの場合、こうなる。

一対になる言葉はさらにあるはずだ、と三浦は考えた。だからその言葉を探した。それはすぐに見つかった。いつも、というひと言だ。立花仁美は、いつも来る。いつもとは、言うまでもなく、頻繁に、というほどの意味だ。いつも、というひと言を自分に当てはめるなら、ときどき、ではないかと三浦は思った。いつも来る女の人に対して、この自分は、その女の人と、ときどきいっしょに来る男の人だ。

現実にそのとおりだ。自分はときどき立花仁美といっしょに、この喫茶店へ来る。確かにそのとおりだ。しかしトニーは、そのような現実をただ切り取ってみせたのではない。いつも来る女の人といっしょに、きみはときどきここへ来るね、とトニーは言外に言った。その言外の表現にトニーが託したのは、きみはなぜ彼女といっしょにときどきここへ来ることが出来ているのか、という意味だ。

この解釈と、そこに到る思考の経路を、ノートブックに書こう、と三浦は思った。二杯目のコーヒーにとって、それは良き友になるはずだ。そして三浦はさらに考えた。なぜきみがときどき彼女といっしょにここへ来ることが出来ているのかとは、彼女とならべたときの自分に、トニーが明らかに不足を感じているということに他ならない。彼女とならべたとき、トニーは僕に関して、不足を感じているのだ。コーヒーの最後のひと口を三浦は飲み下した。

　そんな不足のあるきみがなぜ、ときどき彼女といっしょにここへ来ることが出来るのか。いつも来る女の人、というトニーの言いかたを解釈しきった三浦は、そのことにいたく満足した。そして思った。自分と立花仁美とのあいだに、自分のほうが明らかに低い落差があるのは当然のことだ、と。三浦はトニーを呼んだ。二杯目のコーヒーをおなじ豆で注文した。

「エクアドル」

　軽い確認としてそう言ったすぐあとで、

「オウ、ノウ。アイム・ソーリィ。コスタリカ」

　とトニーは訂正した。

　カウンターへ戻ったトニーは、手動ミルでコーヒー豆を挽き始めた。その様子を見ながら、三浦は次のように思った。いまのはトニーがわざと間違え、すぐに気づいたふりをして、すかさず訂正した。しかしそのことに意味や意図はなにもない。この思いに三浦は自信があった。彼はひとりで微笑した。

それから十五日後の曇り日の午後、立花仁美はひと月ぶりのその駅舎の階段を北口から上がり、改札のゲートがならんでいるところまで歩いた。三浦浩市はおなじ駅舎の南口の階段を上がり、改札のゲートに向けて歩いた。ゲートの手前でふたりはおたがいに気づいた。

「こんなところで」

と言って三浦は立ちどまった。改札ゲートとは反対側の壁の前に、ふたりは立った。

「打ち合わせの場所に指定された喫茶店が、この近くだった」

と、三浦は南口の階段のほうを示した。

「打ち合わせは終わり、僕はこの改札を入って上り電車に乗ろうとしてた」

「私は母親のご機嫌うかがい。三十歳のひとり娘が和菓子を用意して」

「せっかくだからコーヒーにしようか」

「寄ろうかなと思いながら、寄らなかった喫茶店がすぐそこにあるのよ」

「では、そこへ」

　ふたりは北口の階段を下りた。駅から三分ほどのところにその喫茶店はあった。ふたりはそこに入り、大きな楕円形のテーブルの片隅で斜めに向き合って椅子にすわった。ふたりともおなじコーヒーを注文した。この店のブレンドだった。

「いつもの美貌とその雰囲気が、いまのような服装だと、まるで違った方向へ発揮されるね」

と三浦は言った。足もとに置いたオリーヴ色のトート・バッグの位置を変えた。

「しわになりにくい半袖のワンピースにカーディガン。母を安心させるための服です。いつもの私はあなたとおなじような服装だから。着てるものが似てる、と言われたことがあるのよ」

「両親はこの町に住んでるのか」

「いまの私は実家にひとり暮らしで、両親だけここへ引っ越したのよ。かつてのところは、地元の商店街がなくなったから。この私鉄の沿線を見て歩き、ここなら、ときめて両親だけ引っ越したの」

「そうだったか」

「ひとり暮らしは気楽でいいわよ。気楽と言うよりも、気まま、と言ったほうがいいわね。私にぴったり」

　立花仁美はいまの三浦とおなじくフリーランスのライターをしていたが、いまでは翻訳家だ。おなじ雑誌の社外スタッフとして知り合ったときすでに、仁美は翻訳の仕事をしていた。彼女の仕事の中心は急速に翻訳へと移っていき、いまではそれが正業となり、括弧に入れて肩書がつくときは、翻訳家だった。十冊近い翻訳があった。親しい知り合いに頼まれれば、翻訳家の肩書で、ライターとして文章を書くこともあった。最近では知多半島の紀行文をクレディット・カード会社の発行する雑誌に書いた。知多半島がどこにあるかすら知らない仁美に、

「そういう人にこそ書いてもらいたいのよ」

と、いまも親しくつきあう女性の編集者は言っていた。そして次のようにつけ加えた。

「単に知らない人はたくさんいるけれど、立花仁美はひとりしかいないから」

ふたりのコーヒーがテーブルに届いた。

「ここでコーヒーを飲むのは初めてだ」

と三浦は言い、熱いのをほんのひと口だけ飲み、

「これはたいそう結構だ」

と言い、次のように続けた。

「トニーのいる喫茶店へ二週間ほど前にいったよ。正確には十五日前になるか」

「私もその頃、あの喫茶店へいったような気がするわ」

「そう言ってた」

「誰が？」

「トニーが」

「彼のお母さんが再婚するのよ。結婚式に出るためにトニーはムンバイに帰ってるのですって。友人のひとりにあの喫茶店の好きな人がいて、店主から聞いたのを私に伝えてくれたの」

「十五日前」

　と、三浦は言った。

「きみがあの喫茶店へいった日に、僕もいった。きみより二時間ほど遅く。そのときトニーはきみのことを、いつも来る女の人、と言った」

「確かに私はその日、ひとりで、あの喫茶店へいったわ。トニーがいたなあ。いつものように」

「きみのことをトニーは、いつも来る女の人、と表現した」

「私の名前は知ってるはずだけどなあ。彼の恋人がムンバイから東京へ遊びに来たことは、話をしたっけ」

　三浦は首を振った。

「昔のアメリカ映画に『ベン・ハー』という作品があるのよ。キリストの物語。この映画の主演女優がハイア・ハラリートという人で、トニーの恋人にそっくりなの。いまから六十年前の映画なのに、いまだに人からそう言われる、と言って笑ってたわ」

いつも来る女の人、というトニーのひと言を自分がどのように解釈したかについて、三浦は語った。聞き終えた仁美は、

「じつはトニーはそういうことを言いたかったのだ、とあなたは解釈したのね」

と言った。

「そうだよ」

「あなたが自分で自分を卑下してるのではないのね」

「そうしなければならない理由がどこにもない。きみと僕とのあいだに、差はあって当然だろう。差と言うよりも、落差が。当然、僕のほうが低い」

「ひょっとしたら、その解釈は当たってるかもしれないわね」

仁美はそう言い、つけ加えた。

「あのトニーの喋りかたは、なにげないひと言でも、なにか深い意味があるのかなあ、と思わせるような喋りかたなのよ」

「確かに、それはそうだ」

「いつも来る女の人。それは私なのね」

「僕のことでもある」

と三浦は言い、自説を述べた。

「いつも来る女の人と、ときどきいっしょに来るお前は、いったいなぜ彼女といっしょに来ることが出来るのか、と、トニーは言いたい。彼の理解のなかでは、きみと僕とが等記号で結ばれてはいない。なぜなら、僕のほうに、明らかに不足があるから。しかし、それはそれで、いっこうに構わない」

そう言って三浦は笑った。その笑いに屈託はなかった。

三十五歳で独身の三浦浩市はフリーランスのライターだ。エッセイでは名前が多少は知られていて、これまでに書いたものをまとめた著作が二冊あり、三冊目の制作が進行中だ。エッセイの連載が月に二本ある。さまざまな文章を書く仕事で、自分ひとりの生活を経済的には支えることが出来ていた。

健在な両親、そして独身の姉とともに、実家に住んでいた。母親と姉は料理が好きだ。美人だと言われている姉は、料理雑誌に登場することがあり、最近では「薄味の天才」と呼ばれていた。その姉、そして母親の影響だろう、料理に関して三浦は自分の方針を持っていて、たとえば店で食べるときには、研究する人の態度でメニューを読み、その店のもっとも得意とする料理を選んでみせた。

三十歳になる前から、自分は小説を書かなくてはいけない、と三浦はしきりに言っていた。立花仁美もその話を何度か聞かされた。三浦はまだ小説を書いてはいなかった。そのかわりだろうか、小説に関しては、題名の話をするようになった。ふと頭に浮かんだ言葉、どこかで見たフレーズ、そのときいっしょにいた誰かが口にしたひと言などを採り上げ、これは短編小説のタイトルになるのではないか、と談論するのが彼の得意とする領域となった。

立花仁美に語った最近の例では、それはそれとして、というのがあった。日常的にどこにでもあるこの平凡なひと言は、平凡さの陰にきわめて非凡ななにかを秘めている、と三浦は説いた。あらかじめご了承ください、というのもあった。これはいいタイトルになります、と三浦は力説した。どうぞごゆっくり、というフレーズについても、短編の題名としての可能性を、三浦は熱心に論じた。

そうは言うものの。そんなつもりはなかった。そこまで言うか。頭に「そ」の字のつくフレーズだけで、一冊の短編集のタイトルが編める、と三浦は言った。それほど昔のことではなく。それだけのこと。そんなこと言ったっけ。という言葉と、そんなこと言ったって、という言葉とでは、おしまいが「け」あるいは「て」になるだけで、それ以外の部分はまったくおなじであることを、三浦は面白がった。一冊の短編集のなかで、このふたとおりの題名によるまったく異なった短編を、前後にならべるといい、とまで言った。

どうか許してやってください。やっぱりそうですか。いずれそのうち。だからと言って。問題はそこからだ。いったいどうしたんだい。そのままにしておけよ。いい言葉はたくさんあります、尽きませんよ、と三浦は楽しげだった。どれに関しても、面白いかもしれない、と仁美は思った。自分ではまず考えないことだから、その意味では知的な刺激だと言ってよかった。仁美もいくつか言葉を挙げた。おっとどっこい。ちょっとそこまで。とかなんとか。男ならやってみな。

自分では書かないのね、と頭のなかで言いながら、三浦に向けた言葉としては、

「あなたのエッセイの材料にしなさいよ」

と仁美は言った。

短編小説のこれからの題名、というタイトルで、愉快なエッセイの一編や二編はたちどころに出来るのではないかと仁美は言い、三浦はうれしそうに笑っていた。

立花仁美の嫌う部分が、三浦浩市にはひとつもなかった。着ているもの、あるいは持っているものが、常に清潔であるのは、三浦の美点のひとつだと言っていい、と仁美は思っていた。両親そして姉とともにひとつの家に住んでいるとは言え、独身の男性が三十五歳にもなると、どことはなくきたなく汚れた不潔な雰囲気をかもし出しがちだとするなら、三浦にはそれがいっさいなかった。

服や持ち物の選びかたは、目立つことなく気がきいていた。そしてそのような気のきいた様子は、三浦によく似合っていた。両親と姉にきたえられたのだろうか、と仁美は想像した。ただし、ごく平凡に会社勤めをしている人には、見えなかった。長くした髪をうなじでゆるやかに束ねていた。彼が自分のものとして持っているこだわりのない自由さと、この髪はどこかでつながっている、と仁美は観察していた。

きめつけてはいない。ひとつのことにこだわってはいない。頑固ではない。臨機応変に融通がきく。というような彼の性格をひとまとめに言うなら、どこかしらいい加減なところがある、という言いかたも出来るだろう、と仁美は思った。それは彼の取っつきやすさ、隙間の多さ、さらには緩さでもあり、これを嫌う人もいるはずだ、と彼女は思っていた。三浦浩市に関してなによりもいいのは、仁美という女性に対して、男性の側からの口説きのようなことを、いっさい試みないことだった。

コーヒーを飲み終えた仁美は次のように言った。

「おなじ私鉄駅の改札に向けて、私たちは北と南から歩いて来て、改札の前でおたがいに気づいたのよ」

「そのとおりだね」

「ということは」

と仁美は笑いながら訊いた。

「これからおなじ改札を入って、おなじ電車に乗るのね」

「僕は上りに乗る」

と三浦は言った。

「私も」

「では、いっしょに。おそらく僕が先に降りる」

ふたりは喫茶店を出た。駅舎の階段を上がり、改札を入り、上りのプラットフォームへ階段を下りた。すぐに来た電車にふたりは乗った。空いていた。ふたりは座席にならんですわった。ドアが閉じて電車は発車した。加速していくのを感じながら、仁美は隣にいる三浦について思った。彼は組んだ脚にオリーヴ色のトート・バッグを置き、その上に両手を重ねていた。

彼はこのまま、いつまでも、小説は書かないのではないか。書かなくてはいけない、と最初に言ってから五年が経過していた。書く気配はなかった。それはそれでいい、と仁美は思った。そしてその思いに、なんの無理もなくすんなりとつながったのは、小説なら自分が書いてはどうか、という思いだった。思いであると同時に、ほぼ決意でもあったから、このなにげない瞬間に彼女は、自分で小説を書くことに目覚めた。

こういうこともあるのか、と彼女は思った。小説は自分が書く、という決意へ自分を導いたのは、いま隣にすわってカーゴ・パンツの脚を組んでいる三浦だった。決意は突然にやって来た。たいそうな決意ではないが、いま自分はその決意の上にいるのだ、と仁美は自覚した。この決意は動かない、とも彼女は思った。自分とはこういう人なのか、という発見もあった。その発見は新鮮であり、同時に、大事なものでもあった。

　このことを三浦に伝えなくてはいけない、と仁美は思った。どのように伝えればいいのか。なにかきっかけが必要だろうか。そんなことを思っていると電車は止まり、三浦が立ち上がった。さきほど言ったとおり、彼が先に電車を降りた。彼が歩いていく方向と、電車が発進していく方向とが、おなじだった。彼は電車のなかの仁美に手を上げ、仁美も笑顔でごく軽く、右手を上げた。

　いくつかあとの駅で彼女は電車を降りた。いつもの駅だ。ここから自宅へ彼女は歩いて帰る。南口の商店街を下っていきながら、あの喫茶店のことを思った。今日は寄らない、と自分に言い、そのかわりに、まだあるはずの小さな文房具の店に寄ることにした。その店はまだあった。若い女性客を意識したカード類が店頭にたくさんあったが、奥へ入ると品揃えは以前のままだった。古風な表紙のＢ６のノートブックを三冊、彼女は買った。

　自宅へ帰ってから、ノートブックの紙と相性のいいインクと万年筆を買い置きのなかから選び、ノートブックに書いてみた。右のページにだけ、そして一行置きに、おそらく短編になるはずのあらすじを、いくつも彼女は書いた。シノプシス、さらには、梗概、という言葉が浮かんだ。物語の展開へのきっかけや、どこかで使えるかもしれないディテールなど、思いつくままに書いてみた。この段階でも手応えは充分にある、と彼女は思った。そしてその手応えは、自分は小説を書く、というごく個人的な決意の、確認でもあった。

　数日後、いまでも仁美を担当している男性の編集者に、彼女は仕事で会った。指定された喫茶店で差し向かいにコーヒーを飲みながら、仁美は思い出した。小説の翻訳をしていると自分で書きたくはならないか、とかつて彼は仁美に訊いた。その話をすると彼も覚えていた。いまの仕事である翻訳とはまったく別なところで、自分で書く小説へと向かおうとしている自分がいることについて、仁美は彼に語った。しばらく考えたあと、彼は次のように言った。

「起承転結をふまえた山あり谷ありの波瀾万丈の物語展開には、ならないんだろうなあ」

　当然のことでしょう、と仁美は思った。

「従来どおりの小説ではないんだ」

　と彼は言い換えた。

「従来どおりのほうが好ましいのですか」

と、仁美は訊き返してみた。

「けっしてそんなことはない」

と彼は言った。

「かなり昔、僕がまだ中学生だった頃、奇妙な味、と称された一群のショート・ストーリーがあって、読書人たちの人気を集めた。既存のものになぞらえるなら、そのあたりに近いのかな」

奇妙な味とは明らかに異なる、と思いながら仁美は微笑していた。このように微笑しているとき、立花仁美はことのほか美しかった。

さらに数日後、仁美は女性の編集者と会った。一年前の初対面のとき、藤倉真紀というその女性は、

「立花さんより三歳だけ年下です」

と言った。

ほっそりした色白の体型は、端正な顔立ちと相まって、どこまでも静かな受容の人に見えた。実際の気質はその反対だった。自分が小説を書くことを告げたら、藤倉はたいそう喜んだ。

「大賛成です！」

と大きな声を上げ、

「私が担当します」

と言った。

「ただし」

と、右手の人さし指を顔の前でまっすぐに立てた。

「短編で小説雑誌の新人賞を得てデビュー、という経路はなしにしましょう。本でデビューしましょう。短編集、長編、そしてまた短編集という順番はどうですか。この三冊の企画を、さっそく次の会議でとおします。ぜひ書いてください。当てにしていいのは、いつ頃ですか。最初の短編集が半年後ですか」

その日から立花仁美は自分で書く小説に、気持ちの半分は集中させた。三冊のノートブックはたちまち書き込みで埋まり、さらに三冊、買い足した。その三冊のうち一冊がすぐに埋まり、合計四冊のノートブックのなかから、最初の短編集のためのストーリーを仁美は選んだ。七編を選んだ。藤倉真紀からメールがあり、三冊の企画をとおした、と彼女は書いていた。

返信で礼を述べ、七編の物語を予定していることを、仁美はメールに書いた。すぐに返信があった。七編なら一週間になぞらえたらどうか、という提案を藤倉はしていた。月、火、水、木、金、土、日とならぶとして、高くも低くもない、取り立ててなんということもないところから始まり、火、水、木と高まっていき、金では明らかにおかしくなり、それは土で決定され、日は徹底して個人の世界となる、というような。

藤倉真紀の、ややわかりにくい提案に、具体性はまったくなかったが、気持ちはよくわかる、と仁美は答えた。選んだ七編のうち、最後の一編は、藤倉の言うとおり、徹底して個人の世界だった。四十代前半の男性の作家が主人公で、新刊に関して喫茶店で新聞記者にインタヴューを受ける、そのあといきつけの喫茶店でひとりコーヒーを飲んで過ごす、そして女性のバーテンダーのいるバーで水割りを二杯だけ飲む、という三つの部分で構成される一編だ。

二年前に仁美は四十代前半の男性作家をインタヴューした体験を持っていた。だからインタヴューを受ける作家は小説のなかの人として、自分には充分に書けるだろう、と仁美は思っていた。その作家は、インタヴューをなかば過ぎた頃、もうやめよう、と笑顔で言い、なんという正しさなのか、と仁美は感銘を受けてもいた。ひとりの作家が主人公のこの物語は、一杯の水割りから短編小説をひとつ作り出すという、自分で作り出した挑戦に応えようとするものだ。

三浦浩市から電話があった。

「トニーがあの喫茶店に戻って来ている、と友人が伝えてくれました。お母さんの再婚式に出席するため、ムンバイに帰っていたのです。彼がいる喫茶店へ、いきませんか」

明日はどうか、と三浦は言った。仁美には時間の都合がつかなかった。

「では、僕ひとりでいきます」

「何日かあと、私もいくでしょう」

自分は小説を書くことになった、と仁美は三浦に伝えた。

「それは、いい」

と、三浦は喜んだ。

「大歓迎です。歓迎してるのは、けっして僕だけではなく」

「三歳年下の女性編集者が企画をとおしてくれたの。一度に三冊も」

「それはうれしい」

「今度、彼女に紹介するわ」

「いっしょに会いましょう。僕は明日、トニーに会って来ます」

「彼にはよろしく」

トニーのいる喫茶店へいくための時間が仁美に取れたのは、それから五日後だった。雨になりそうな曇り空の下を自宅から歩いた。店で働く人の服をきれいに着て、トニーがいた。席についた仁美に彼は冷えた水の入ったグラスを持って来た。

「久しぶりね」

と、仁美はトニーを見上げた。

「ムンバイはいつものムンバイでした」

とトニーは静かに言った。

「それは良かったわ」

「もっと良かったのは」

とトニーは仁美の目をのぞき込んで微笑した。

「僕の恋人。いっしょに夕食したよね。彼女も東京へ来ます」

「旅行で？」

と訊いた仁美にトニーは首を振った。

「彼女は東京が好きだと言っています。だから東京に住みます」

「それはいいわ」

「エムバシーの仕事」

「大使館？」

「そう」

「彼女とは結婚することになるのね」

「東京で式を挙げます。立花さんも来て。そしてムンバイでも、式を挙げなくてはいけない」

「彼女はいつ東京へ来るの？」

「夏が終わったら。九月かな」

「おめでとう」

「ありがとう」

「私もうれしい」

トニーは仁美のコーヒーの注文を訊いた。うなずいたトニーは、立ち去りがたい風情でその場に立っていた。なにかを待っている人の風情だ。彼の癖のようなものだが、意味はあった。さらになにかひと言、彼は言いたいのだ。

「彼は？」

と、トニーは訊いた。

「彼って、誰？」

と本気で訊き返して、仁美はすぐに気づいた。彼とは三浦のことだ。トニーを見上げて仁美は首を振った。

「今日は私ひとり」

という仁美の返答にトニーはうなずいた。そして、

「コーヒーはすぐに出来ます」

と言ってカウンターへ歩いた。

三浦が自分に語ったことを、仁美は思い起こした。自分のことをトニーは、いつも来る女の人、と三浦に言ったという。そのひと言に対してほどこした解釈についても、三浦は語ってくれた。それでは自分も解釈を試みよう、と仁美は思った。たったいまトニーが言った、「彼は？」というひと言の解釈だ。

今日は三浦はいっしょではないのか、と訊いているのではない。トニーは三浦のことが気になっている。それは、なぜなのか。私のことが気になっているからだ、と解釈を進めた仁美は、トニーにとっての問題は三浦ではなく、この私なのだ、と結論した。この私のことが気になるからこそ、今日は三浦は来ないのか、となり、もっとも言葉数を少なく言うなら、「彼は？」という言葉になる。

そう思った次の瞬間に、閃くかのように仁美の頭のなかに広がったのは、いつも来る女の人という言葉は、三浦が言ったとおり、片仮名で書くならそのまま短編小説の題名であり、三浦の体験といまの自分の体験を核のようにしてストーリーに仕立てるなら、内容も

またそのまま短編になる、と仁美は思った。そこへトニーがコーヒーを持って来た。そのコーヒーは自分のためであり、その自分は、いつも来る女の人なのだ、という思いが笑顔になるのを、仁美は抑えなかった。

# あとがきを書いてください

# 1

三崎恭子の待ち合わせの相手は、山野玲子という四歳年下の担当編集者だった。約束の時間より早くに恭子がその喫茶店にあらわれると、山野はすでにいつもの席にいた。バッグを両膝の上に置き、両手で押さえ、テーブルにいくつも重なり合っている輪ゴムを見ていた。差し向かいで椅子にすわった恭子に、山野は笑顔を向けて言った。

「早くに着いたのでバッグのなかを整理していたのです。輪ゴムが十二個もありました」

「輪ゴムはいつのまにか増えるのよ。バッグのなかで」

「その次がペーパー・クリップですね。そして、一円硬貨。これは七つもあって、驚きました」

恭子は笑った。

「五年ぶりで着てみたウェディング・ドレスのポケットに輪ゴムがひとつあった、という話は聞いたことがあるわ。繊維にくっついてるのを、指先ではがしたのですって」

玲子は笑った。

「そのとおりですね」

店の女性が水の入ったグラスを持って来た。恭子は深煎りのコロンビアを注文した。そして、

「輪ゴムは飛ばせばいいのよ」

と言った。

「定規が必要です。三十センチの。曲がったりしないから竹製がいいです」

「ご存じなの？」

「輪ゴム飛ばしは好きです。よくやりました」

「私も大好きだった。久しぶりに輪ゴム飛ばしを思い出したな。確かに三十センチの定規を私も使ったわ。竹のは曲がらなくていいわね。標的が必要でしょ」

「煙草の空き箱です」

「ピースにホープ。そしてもうひとつ、なかったかしら。和風の。着物の女性が帯にはさむような」

「ありましたね。なんと言ったかしら」

「三十センチの竹製の定規の一端の、上からすぐのところに、輪ゴムをかける溝をカッ

ターで掘るのよ。定規を立ててそこに輪ゴムをかけ、左右が均等になるようにして、輪ゴムを引っぱって、もういっぽうの端にかけるのね。その輪ゴムが簡単にはずれると困るので、輪ゴムをかける定規の端には、カッターで傾斜をつけたわ。少し削ればいいのよ。標的に狙いをつけ、右手の親指の先端で輪ゴムを静かに押し上げていくのね」

「輪ゴムは定規の先端から飛んでいきます。父が煙草を喫う人でしたので、標的はいつもピースの空き箱でした。途中からホープになったのを、いまでも覚えてます」

「煙草の空き箱に輪ゴムが当たって、ぱたんと倒れるときの、あの感触が良かったわ」

「まったく同感です」

と玲子は言った。恭子のコーヒーがテーブルに届いた。

「いつもひとりで、飽きることなく、輪ゴムを飛ばしてたわ。壁に沿って、ちょうどいい高さの、奥行きのさほどない飾り棚が作り付けになってて、誰かのおみやげのこけし人形が置いてあったりしたの。そこに煙草の空き箱を七つも八つも立てて、端から輪ゴムで倒すのよ」

「輪ゴムが飛んでいくときの感触も独特でした」

という玲子の言葉を、熱いコーヒーの香りとともに恭子は受けとめた。そのコーヒーをひと口だけ飲んで、彼女は次のように言った。

「輪ゴムじたいの弾性で空中を飛んでいくのね。細いゴムの輪が、文字どおり輪になって」

「標的に当たるときの感触もいいのです。三十センチの定規の、前から三分の一ほどのところに、十五センチの定規を両面テープで垂直に貼りつけ、左手でそこを持って狙ってました」

「持ちやすくていいわね」

輪ゴム飛ばしの談義がひとしきり続いたあと、

「輪ゴム飛ばしの次の段階は、なにかしら」

と、三崎恭子が言った。

「射的のコルク銃でしょう」

二十七歳の山野玲子がそう言った。

「シャテキとは？」

「文字どおり的を射つのです。ぜんたいは銃のようなかたちをしていて、銃身の先端にコルクの栓のようなものを詰めます。ボルトを引くと、空気が圧縮されるのでしょうね。的に狙いをつけて引き金を引くと、解放された空気によってコルクが的に向かって飛んでいきます。三十年くらい前の日本各地の温泉町に、客たちの遊興施設のひとつとして、射的屋というものがあったのです。私も現物は見たことがありません。写真で見たのです。社員旅行という団体で宿泊している旅館の浴衣や丹前を着た男性たちが、射的屋のカウンターから身を乗り出すようにして、右手に持った銃を的に向けて、コルクを射つのです。身を乗り出すのが難しいような高さのカウンターが多く、標的は煙草の空き箱です。コルクがかすったくらいでは、倒れにくくなってるような工夫があったみたいです。コルクはそもそもまっすぐ飛ばないですし」

「詳しいのね」

「三歳年下の弟がいまして、彼がこういうことに熱心なのです。高校生の頃、メーカーまで出向いてコルク銃を買って来たことがあります。コルクがまっすぐ飛ばないと言って怒ってたのを覚えてます。射的屋のカウンターの端に店員の女性がいて、客が代金を払うと、コルクがいくつか載った金属製の小皿を渡してくれるのです。釣銭を出したり、的をいくつか倒した人には景品を出したり」

「弟さんはまだ二十代の前半でしょう」

「会社の社員になって、この四月でやっと一年目です」

「いまでもコルク銃なの？」

「いまでは空気銃です。外国製のを何丁か持ってます。会社へ歩いていけるところにひとり住まいなのですが、土日には空気銃の置いてある実家へ帰って、射ってます。長い廊下が家の北側にあって、そこが射撃場の代わりです」

「荻窪よね」

　という恭子の質問に玲子はうなずいた。

「私はまだ実家にいます。コルク銃から空気銃になるにあたっては、その途中があったのです」

「どんな？」

「エアー・ソフト・ガンと呼ばれてます。外見は実物の銃そっくりですが、直径六ミリの白くて丸い弾をガスで飛ばすのです」

「ガスで」

「缶に入ったガスを銃のガス室に充填するのです。一度充填すると何発も射てます。弾はＢＢ弾と呼んでますが、英語で言うＢＢ弾とはまったく別のものです。ひとつが二・二三グラムだったかな。ボールベアリングのボールに匹敵するほどの精密な研磨だそうです」

「それがコルク銃の次だったのね」

「それも卒業していまは空気銃ですけど、いまもエアー・ソフト・ガンには詳しいです。十五メートルまっすぐに飛んで、グルーピングは五センチ以内であるべきだ、などと言ってます。グルーピングとは、十五メートル離れて射った弾が、直径五センチの円のなかに収まる、といった集弾性のことです」

「面白そうね」

「射ってみますか。輪ゴム飛ばしの次の段階として」

ふたりは笑った。そして恭子は次のようなことを語った。

「翻訳の仕事をしてた頃、アメリカのミステリーの長編があったの。そのなかにポリース・ポジティヴ・スペシャルという拳銃が出て来るの。この拳銃が大事な役を果たすのよ。ディテクティヴ・スペシャルとも言われてて、さらには・38スペシャルという呼びかたもあるのね。六発の弾丸がシリンダーのなかに入るリヴォルヴァーなのよ。主人公の女性がこれを海辺で試し射ちするのよ。たまたま海岸の上の道を自動車で走ってた初老の刑事が、六発射った最後の二発の音を聞いて、これは拳銃の射撃音だ、と直感するところがあるのよ。ポリース・ポジティヴなんて見たこともなければましてや射ったことなどありっこない、というようなことを訳者あとがきに書いたら、読者のかたが日本製のモデル・ガンを送ってくださったの。おそらくこれです、と手紙に書いてあって。新品なのよ。弾丸も模型だけど六発あって、シリンダーに入るの。そのシリンダーは本物みたいに閉じるし。いまでも持ってるわ。エアー・ソフト・ガンは、あれとは違うのね」

「おっしゃってるのは、モデル・ガンです。空気銃へいく前に弟が盛んに射ったのが、エアー・ソフト・ガンです。三崎さんの小説に登場するといいですね」

「エアー・ソフト・ガンが？」

「はい」

「私の書く小説に？」

「そうです」

「書き手の私がまず手に入れて、射ってみないことには」

「三崎恭子さんとおぼしき女性の作家が登場する短編集にしませんか。私が作ろうとしている、三崎さんの短編集です」

「一冊のなかに短編が七つあるとして、そのどれにも私とおぼしき人が出て来るのではなく、最初の作品に登場したなら、次は四つ目の短編に出て来るとか」

「いいです、素晴らしいです。あとがきも書いてください」

「あとがきから書いていく短編集は、面白いわね」

「素敵です」

「私とおぼしき人と、あなたとおぼしき人が、輪ゴム飛ばしの話に夢中になり、そこからエアー・ソフト・ガンへいって。私が日常のなかで、ふとそれを射ってみたりするのね。原稿を書く前などに」

「儀式のように」

「そのことを書けばいいのね。面白いあとがきになるわ」

「エアー・ソフト・ガンやモデル・ガンを千五百点、写真入りで見ることの出来る本がありますから、手に入れてお送りします。ご覧になってください」

「エアー・ソフト・ガンを射ってみないと」

恭子の言葉にうなずいた玲子は、

「その本はすぐにお送りします」

と言った。

山野玲子が送ると言っていた本が、三日後に郵便で三崎恭子に届いた。Ａ４のサイズで三百ページ近くあった。初めて見るその内容に恭子は圧倒されるものを感じた。ガスを使う銃とモデル・ガン、それに数は少ないが手動で空気を圧縮させる方式のものが、玲子が言ったとおり千五百は確実にあるのではないか、と恭子は思った。恭子は編集部に電話をかけてみた。玲子に礼をのべるためだ。玲子は編集部にいた。

「本が届いてます。銃が千五百丁も」

と恭子は言い、玲子は笑った。

「たくさんあるでしょう」

「まずはお礼を」

と、恭子は言った。

「初めからすべて読んで、勉強するわ」

「成果を聞かせてください」

「会いましょう」

「せっかくですから、夕食を。食事は久しぶりです」

玲子が気に入っている店を恭子は提案した。玲子の都合に合わせて、そこで会うのは十日後になった。

そして十日後の夕方、ふたりはその店で落ち合った。細長い店の奥にテーブルの席がふたつあった。そのひとつに玲子が来ていた。スパークリング・ワインをふたりは注文した。かかげたグラスの縁を、いつものとおり丁寧に、玲子は合わせた。

「一丁ずつ解説の文章があるでしょう。みんな読んだのよ。勉強になったわ」

と恭子は言った。

「どんな勉強をなさったのですか」

「いろんな言葉を覚えたわね。たとえば、ストッピング・パワー。日本語にすると、対人制圧能力とか言うのね。拳銃で弾を射ち込んだ相手が、その一発で倒れてまったくの非力になるほどに威力のある弾丸に関して、使う言葉なのね」

「恐ろしいです」

「口径が十一・四ミリあると、そのパワーが発揮されるのね。・45という口径。フォーティ・ファイヴですって。そのすぐ下には十ミリという口径があって、さらに下にあるのが、九ミリの弾丸。・38口径。サーティ・エイト。ストッピング・パワーは、正確には、マン・ストッピング・パワーなのね。百年以上昔、フィリピンで戦っていたアメリカ軍の兵士たちが、・38口径弾丸の威力不足に悩まされたのですって。・45口径の弾丸を使うオートマティックが開発されて、アメリカ軍に正式に採用された年が一九一一年だったから、それがモデル・オヴ・１９１１と呼ばれたのよ。別名をガヴァメントと言うのですって。もっともガヴァメントらしいのが一九四三年のモデルだということで、それがガス・ガンになってるので、手に入れてみたわ」

「いかがでしたか」

「これか、という感銘はあったわね。持ちやすいの。持ちやすいとは、射ちやすいということよ、きっと」

「一九八五年にアメリカ軍に正式採用されたハンド・ガンは、イタリーのベレッタになったのです。一九一一は七十五年間ものあいだ、正式なサイド・アームだったのです」

「ベレッタは九ミリよね。なぜ九ミリに戻ったのかしら。弾倉の装弾数はベレッタが十五＋一発で、ガヴァメントは七＋一発なのね。この書きかたもあの本で覚えたのよ。なんのことかなあ、と思ったけれど、グリップのなかのマガジンに限度いっぱいの七発が入っていて、さらにもう一発だけ、チェインバーに送り込まれている、という意味なのね」

「いろいろ覚えますね」

「CQBというのもあるのよ。クロース・クオーター・バトル。近接戦闘ですって。九ミリ弾のベレッタは不評で、ガヴァメントを使い続けるアメリカ兵がたくさんいた、ということも知ったわ。一九四五年以来、アメリカ軍はガヴァメントを正式には発注してない、というような細かいことも」

「ですからいままでは、ガヴァメントを土台にした、いろんなカスタムがあります」

「そうなのね。この場合のカスタムとは、いかに有効に相手を倒すかにかかわる、さまざまな改良策のことなのね。部品の精度や堅牢さ、組み合わせたときの作動の正確な滑らかさとか」

「カスタムはなにかお買いになりましたか」

「ハイ・キャパシティというのがあるのよ。大容量。なんのことかなあ、とここでも思ったけれど、グリップを太くして弾数を増やした、ということなのね。十三＋一発。ダブル・カラムという言葉をここで覚えたわ。弾丸は円柱だから、たがい違いに弾倉のなかに収めると、単純に一列にした場合より、倍近くの弾数になる、ということね。文字どおりのダブル・カラムではなく、なかばダブル・カラムね」

「お射ちにはならないのですか」

「ハイ・キャパシティをひとつ買ってみたわ。銃口やハンマーが金色で、送っていただいたあの本で見て、気に入ったから」

「ゴールド・マッチですね」

「これを射ってるわ。まっすぐ飛ぶのよ。偶然かしら。でも、弟さんが言っていたという、十五メートルで五センチのグルーピングは、理想なのね。実際は五メートルで七センチなら、上出来よ」

　前菜の盛り合わせは注文しなくとも、ふたりの前にそれぞれの皿が置かれた。春の山菜のフリットを、ふたりは勧められた。玲子はそれがなによりの好物だと言い、二人前を注文した。薄く白く、霞のかかったようなフリットだ。そのかたちを見るだけで、なかみがなにであるか正確に言い当てることが出来る、と玲子は言った。

「私がハイ・キャパシティを盛んに射つのは、輪ゴム飛ばしの延長なのかしら」

という恭子の言葉に玲子は笑った。

「金色の部分はいかがですか」

「あの金色は、仏具の色よ。普及品の仏具の色」

「よくわかります」

「・38ガヴァメント、というものがあるのね。・38口径では弱いので・45口径にしたはずなのに、・38口径も射てるガヴァメントが欲しい、ということかしら。面白いのでこれも買ってみたの。ガヴァメントを三まわりは小さくしたようで、持ってみると私の掌にしっくりと収まるの。それがあまりにも気持ちいいから、ふと手にすることがしばしばあるけれど、見れば見るほど不思議な造形ね。機能がそのままかたちへと姿を変えたような」

「文鎮です」

という玲子の言葉に恭子は強く賛同した。

「平たくて、しかもちょうどいい重さなのね」

「標的はどうなさってるのですか」

と玲子は訊いた。

「ガス・ガンのおまけについてくる標的の同心円の紙をコピーして、発泡ウレタンのブロックに貼りつけ、本棚の五段目だったかな、なにもないところに置くと、ちょうどいい高さなのよ。十メートルで七センチの集弾。弾はウレタンのブロックのなかにめり込むけど、たまにおなじところに当たると、弾どうしがぶつかって、跳ね返って来るわね」

「お住まいになってるのは、一軒家でしたよね」

「父の持ち物で、長いこと貸してたの。最初は女性のひとり暮らしで、これがかなり続いたあと、男性がひとり加わって、何年かあとでふたりは夫婦になり、ふたたび何年か続いたあと、子供が出来たの。その子供がもう小学生で、あの間取りでは狭いので、引っ越したのよ。父の趣味で内装をかなりやりかえたあと、きみが住まないか、と私に言ったのよ。わたしは文句なしにそこへ移って、いまは三年目」

「平屋でしたっけ」

「２ＬＤＫの木造の平屋。ごく普通の家。玄関で廊下に上がったところに立っていちばん奥を見ると、そこは居間として使うはずのスペースの、南側の壁なの。壁にはふたつ窓があり、ふたつの窓のあいだは壁で、そこに本棚があって、標的のウレタン・ブロックはその五段目」

「射ってるところは似合いそうです。その顔だちと姿なら」

　季節の山菜のフリットが二人前、テーブルに届いた。フォークでうどを突き刺してかかげ、

「これがうどです」

と玲子は言った。

「女と拳銃があれば映画なんかすぐに出来る、と言ったのはトリュフォーだったかしら」

という恭子の言葉に、

「それはヨーロッパの感覚ですね」

と玲子は応じた。

「きれいな女の人がアパルトマンに帰って来て、ハンドバッグから拳銃を取り出すのよ」

「オートマティックですね」

「平べったいの。ほどよく大きくて。・38オートを手に持って、その感触を確かめてたとき、このことを思い出したのよ」

「その拳銃を使って、誰かが誰かを射つのです」

と玲子は言い、

「そのことのなかに関係があるのね」

と恭子が言った。

「そして関係はドラマだとすると、女性が拳銃を持ってると、映画というドラマはたちまち始まるわね」

フォークの先にとらえた蕗の薹を見ながら恭子はそう言い、

「でもいまの私は、直径六ミリの白くて丸い弾をガスで射つのよ」

「出身地のことも、今度の短編集のどこかに入って来るといいですね」

「千葉県の佐原よ」

一本のうどの最後の部分を口に入れながら、玲子はうなずいた。

## 2

朝食とそのあとのコーヒーをひとりで終えた三崎恭子は寝室に入った。服を脱いで下着だけになり、ひとつだけあるベッドの縁に腰を降ろした。彼女は靴下を履いた。ぜんたいがくすんだ灰色の、ほどよく厚みのある、履きやすい靴下だった。そして立ち上がり、スラックスをはいた。彼女の脚や腰のかたちの良さとは別に、スラックスじたいの形状の良さが重なり合った結果を、いまは誰も見る人がいなかった。彼女は両足をスリップ・オンに滑り込ませた。網目の詰まったメッシュのアッパーが快適だった。シャツを着た。白地にブルーの縦縞のある長袖だった。裾は外に出し、両袖のボタンを留めた。彼女は寝室を出ていった。

寝室のなかはフロアぜんたいにカーペットが敷いてあり、そこから出ると板張りのフロアだった。スリップ・オンで歩くときの感触の変化を受けとめながら、寝室を出たところに立ちどまり、南側のスペースを見た。食事のために使う丸いテーブルが手前にあった。椅子はひとつだけだ。テーブルの上にいまはなにもなかった。キチンへ入っていく通路が左側にあり、その壁は薄い緑色の布地を張った壁だった。

　食事のための丸いテーブルの向こうに、本来なら居間として使うはずのスペースがあった。ここは正方形のスペースであることに、恭子は気づいていた。両側は壁だ。恭子から見て右側の壁は、原稿を書くだけのために使っている部屋との境だ。反対側の壁はキチンとの仕切りであり、食事のためのスペースの右側にある壁が終わると、キチンへの通路をはさんで反対側の壁が始まっている、という構造だった。

　本来は居間であるはずの正方形のスペースのまんなかには、長方形の木製のテーブルがあった。頑丈そうなそのテーブルに寄せてストゥールがひとつだけあった。テーブルの上には本や資料が広げられ、両側の壁に寄せた本棚は、どの棚も本で埋まっていた。ＣＤとＤＶＤの棚がいくつかあった。

　そのスペースのいちばん南の壁は、まんなかが幅の狭い壁で、その左隣りは窓、そして右隣りはヴェランダに出入りするためのドアだった。幅の狭い壁にも本棚が寄せてあり、下の二段だけ資料のファイル・ボックスで埋まり、そこから上の棚にはなにもなく、五段目の棚には標的の同心円の紙を貼った、発泡ウレタンのブロックが、うしろ板に寄せて置いてあった。

長方形のテーブルに歩み寄った恭子は、置いてあったハイ・キャパシティを持ち上げ、マガジンを抜き出し、ガスを補填した。そして丸い玉を十発入れたマガジンを、グリップのなかへ戻した。ハイ・キャパシティを右手に持って、寝室を出たところまで彼女は歩いた。そして標的のある本棚を振り返った。

ハイ・キャパシティのスライドを素早く引いて戻し、初弾をチェインバーへ送った。ハイ・キャパシティを握り直し、その右腕を上げつつのばし、標的を狙って十発、一秒ごとの間隔で射った。本棚へ彼女は歩いた。標的の紙を彼女は見た。射った弾はすべて紙を突き破り、ウレタンのなかにめり込んでいた。まんなかの直径二十五ミリの円が三か所、破れていた。他の六発はその外にある四つの円のなかに散らばり、いちばん外の外周の上に一発だけあった。標的ぜんたいの直径は百十四ミリだった。上出来ではないか、と思いながらグリップからマガジンを抜き出し、さらに十発の弾を込めた。

射ち始めてから、担当編集者の山野玲子との先日の会話を、恭子は思い出した。過去のなにごとにせよ、恭子が思い出すときは、かならず時間順だった。時間の順番が前後することは、なかった。輪ゴム飛ばしについてのやりとりの、すべてを彼女は思い出した。二発、三発と射ちながら思い出していき、あと三発になって、ふたりの会話の最後の部分に到達した。出身地のことも小説に登場するといいですね、と山野玲子は言った。千葉県の佐原よ、と答えた自分は、そう答えながらなにかを思った。それはなにだったか。最後の一発を射って彼女はその場でさらに考えた。

　東京駅から特急あるいは快速の電車に乗ると、佐原という駅まで二時間だ。しかし、自分はそこへすでに三年、帰っていないことについて、玲子とやりとりしながら、自分は思った。出身地へ一度も帰ることなく過ごした時間は、今年で四年目になる。そんなことを自分が思ったのを、恭子は思い出した。玲子とのやりとりは、このすぐあと、他の話題に移った。

　佐原へ帰る理由は、いつであれ、なにもなかった。しかし、なんの理由もないままに、佐原駅に降りたってみるのは、悪くないのではないか。四年目だ。空いた間隔としてはちょうどいい、とも彼女は思った。彼女はテーブルへ歩き、グリップからマガジンを抜き出し、開いたままで止まっているスライドをもとに戻し、引き金を引いてハンマーを降ろした。そのハイ・キャパシティをテーブルに横たえ、標的の紙をウレタンのブロックから貼り替えた。

　なんの理由もなく自分が佐原の駅に降り立つのは、今日でもいいではないか、と彼女は思った。今日であってはいけない理由はなにひとつない、と思いながら彼女は時計を見た。

午前十時前だった。いまから東京駅へいけば充分に間に合う。支度はすぐだ。滞在はどんなに長くても三日だろう。引手を出して引いて歩くあの小型のスーツケースに、必要な物はすべて納まる。

彼女が家を出たとき、まだ午前十一時になっていなかった。東京駅へ着き、なんの支障もなく成田線のプラットフォームに入って、時間にはまだ多少の余裕があった。エアポート成田という快速電車に乗ることが出来た。成田で乗り換える必要があった。佐原に到着するのは午後二時だった。

快速電車が発車するとすぐに、恭子はノートブックとボールペンを取り出した。ノートブックの新しいページを開き、右ページにだけ、一行おきに書いていった。先日の山野玲子との打ち合わせについて、自分が自宅を出るところから彼女は書いた。電車に乗り、それをすぐに降り、平日の午後の商店街を歩き、待ち合わせの喫茶店に入る。その店のこと。コーヒーのこと。山野玲子の描写。書いていく内容は細かいのだが、ボールペンを操る速度は速かった。

山野玲子は先に来てバッグの整理をしていた。テーブルの上に輪ゴムが十二本あり、こんなにありました、と彼女は美しく笑っていた。そこから、輪ゴム飛ばしの話が、ふたりのあいだでひとしきり続いた。この部分はふたりの会話を延々と書いた。そして玲子の弟のこと。射的のコルク銃のこと。エアー・ソフト・ガンのこと。エアー・ソフト・ガンが千五百種類も紹介されているカタログ本を玲子が送ってくれたこと。その本をすべて読み、知らなかったことを数多く知ったこと。１９１１Ａ１のこと。ハイ・キャパシティのこと。購入してみたいくつかのエアー・ソフト・ガンについて。それらを射ってみたことについて。ウレタンのブロックを買って来てそれを標的にしたこと。すべてを書いた。そして短編集のことになった。

担当編集者である山野玲子とのあいだに、新たな短編集を作る作業が始まっていること。山野玲子の発言。エアー・ソフト・ガンと、恭子の出身地である千葉県の佐原が、短編集のなかのどれかに登場するといい、と玲子が言ったこと。そんなことがいかにして小説のなかで可能になるのか、書き終えたあとの恭子は、窓の外を見るともなく見ながら、ぼんやりと考えた。

佐原には時刻どおりに到着した。ここで生まれ育った自分は、少なくとも高校を卒業するまではここにいたのだ、などと思いながら電車を降り、駅の外に向かった。かつてはよく知っていた場所だ。しかしいまはほとんど関係がなかった。しかもそこへ来るのは四年ぶりであり、訪れるための理由はこれと言ってなにもなかった。遠いような、まだ充分に近いような、ごく軽く奇妙な気持ちで、彼女は駅を出た。

かつてはよく知っていた場所を数年ぶりに理由もないままに訪れた人の気分。これは自分の好みだ、と恭子は思った。スーツケースを引いて駅前の道を渡り、セブン・イレブンの前を通り過ぎて脇道に入ってみた。カフェがあった。外から見るその店のたたずまいは、彼女の好みの範囲のなかにあった。だから彼女はそのカフェに入り、入口に近いテーブルに席を取った。コーヒーを注文した。近くのテーブルで中年の女性がふたり、なんの遠慮もなしに地元の言葉で話をしていた。聞くともなく受けとめていた恭子は、自分もいまでもこんなふうに喋ることが出来るのだろうか、と自問した。喋れます、という自答を彼女はなぜかうれしく思った。

　コーヒーがテーブルに届いた。これは今日の自分にとって、二杯目のコーヒーだ、と彼女は思った。いつもなら部屋で飲んでいるだろう。今日はここで飲むのか。そのことの、ほんのちょっとした不思議さを、彼女はコーヒーとともに楽しんだ。そのコーヒーをほぼ飲み終えたとき、女性の客がひとり、自分のほうへ歩いて来るのを彼女は見た。きれいな人だ、と思った。自分とおなじような年齢ではないか、とも思った。自分のいるテーブルのすぐ脇を歩き、店の出入口のドアへ向かうのだろう、と彼女は思った。

　恭子のテーブルを一歩だけ過ぎて、その女性は軽やかに反対側へと向きなおり、ふとしゃがんで恭子とおなじ方向に体を向け、低い位置から恭子を仰いだ。そして、

「恭子ちゃんよね」

と言った。

恭子は彼女の顔を見た。それが誰だかわかると同時に、

「早苗ちゃん！」

と、叫ぶように言った。

「ああ、よかった。やっぱり恭子ちゃんだ」

そう言って笑顔になったその女性は、地元の県立高校で三年間おなじクラスにいた、藤代早苗という女性だった。

「店に入って来たとき、すぐにわかったの。でも、いきなり声をかけてはいけないと思って、コーヒーを飲み終えるまで、待ってたの」

「すわって」

かたわらの椅子を恭子は示した。

「ここへ来てもいい？」

「ぜひそうして」

立ち上がった早苗は店の奥へ歩いていった。そのうしろ姿を恭子は見た。バッグと伝票を持った早苗は、席を移ることを店員に告げた。そして恭子のテーブルへ来て、斜めに向

き合う椅子にすわった。水の入ったグラスを店員がテーブルに置いていった。

「恭子ちゃん。いちだんときれいになって」

「早苗こそ。いまも、きれい」

と答えた恭子は、

「何年ぶり？」

と訊いた。

「大学のとき、一度だけ会ってる」

「東京で？」

と訊いた恭子に早苗はうなずいた。

「あれから十年になるのね。私、もう、三十二歳なのよ」

と言った。

「私だって」

「恭子ちゃんはいまはもう作家なのよね。その恭子ちゃんが、なぜ、いま、ここにいるの？」

「ふと、思い立って。三年間、来てないから。いまが四年目。ついさっき、駅を出たとこ。駅前から道を渡ってコンビニの前を歩いて脇道に入ったら、このカフェがあった」

「私はここへよく来るのよ」

恭子は早苗を見た。きれいな人だ、とさきほど自分は思った。そのきれいさには、明らかに影があった。影は深まりつつあるから、よけいにきれいだった。このような影が自分にはない、そしてこれからも出来ることはないだろう、と恭子は思った。

椅子に置いた早苗のバッグのなかで音がした。スマートフォンの着信呼出し音だった。早苗はバッグに手を入れ、スマートフォンを取り出した。耳に当てて応答するのと同時に、立ち上がって店のドアへ歩いた。ドアの外に出て電話の相手と話をした早苗は、すぐに店に入った。恭子のいるテーブルまで戻り、

「容体が急変したのですって」

と言った。スマートフォンをバッグに入れ、

「私はすぐにいかなくては。連絡する。せっかく会えたのに、ごめんね」

と恭子に言った。

「どなたの容体なの？」

「祖母」

と早苗は答えた。

「世話をする人が誰もいなくて。でも、ひとりで暮らすことを祖母は強く望んだのですっ

て。一年前に私が東京からここへ来て、すぐ近くの部屋に住んで、毎日夕方、祖母のところへいってたの。夕食を私が作って、いっしょに食べて。ふたりで住むことには祖母に反対されたのよ。早苗には早苗の生活があるから、と言って。祖母はひと月前から入院してたの」

「私もいっしょにいく」

と言って恭子は立ち上がった。

「こんなときこそ」

「いいの？」

「まるで平気。なんにも予定はないから」

伝票を手に取った恭子は支払いのデスクへいき、コーヒー二杯の代金を支払った。テーブルへ戻り、ショルダー・バッグを肩にかけ、引いて歩くスーツケースの側面を軽く蹴り、向きを変えた。ふたりは店を出た。

「駐車場はあそこ」

と早苗が言い、ふたりはそこへ歩いた。ごく平凡な白いＳＵＶのかたわらに立ちどまり、

「私が運転する」

と言った恭子がキーを受け取り、運転席のドアを開いた。早苗は反対側へまわった。

スーツケースをうしろに入れて運転席に入り、恭子は隣りの席に入った早苗を見た。

「怒ったような口調だった」

と早苗は言った。

「誰が？」

「おそらく看護師のひとり。中年の女性。早く来い、すぐに来い、なぜ来ないんだ、と私を責めてるみたいな」

「病院は、どこ？」

という恭子の質問に、早苗は病院の名を言った。

「知ってる。いきなり思いだした。名を聞くと場所を思いだす」

駐車場からＳＵＶは道路へ出ていった。道路は五月の晴天の下にあった。

「普通に走って」

と早苗は言った。

「いまの私たちが急がなくてはならない理由は、どこにもないから」

そう言った早苗の横顔を恭子は見た。

「あの道を右ね」

「そう。突き当たって、右。またすぐに突き当たるから、そこは左。あとは、まっすぐ」

「やがてT字交差するよね」

「そこは左。あとは道なり。10号線を越えて、高校の手前」

　指示したすぐあと、早苗は、

「来週は私の誕生日だ」

　と言った。

「ほんとに私は三十二になる」

「私の誕生日は七月だ。いま、早苗は、なにをしてるの？」

「湯島に住んで学習塾で数学を教えてる。いまはここにいるから教室には出られないので、模擬試験の解答の採点や問題作り。ここの部屋で出来るから」

「一年前に湯島から佐原へ移ったのね」

「塾はお茶の水にあるのよ。いまの部屋は知人の紹介で格安。格安とは相場の半額のことよ。ひと月前に祖母は元気がなくなって、入院したほうがいいと言われて、入院したの。毎日、会いにいってた」

　平凡な光景のなかを平凡に走行していることを、恭子は自覚していた。この平凡さをどのように受けとめればいいのか、と恭子は思った。

「きっと間に合わないよ」

と、早苗が言った。

「容体が急変した、という電話は一度は来るものだと覚悟してたけど、こんなふうに来るものなのね」

病院に到着した。駐車場に入り、場所を見つけてそこに停め、駐車場を出て病院の建物へ歩き、ホールの奥のエレヴェーターで祖母の部屋のあるフロアへ上がった。早苗とは顔なじみの看護師が廊下を歩いていた。内科の部長に引き継がれ、祖母が息を引き取ったことを、早苗と恭子は告げられた。担当だった女性の医師があらわれ、祖母のいる別の部屋に案内された。早苗の祖母はベッドのなかで亡骸だった。早苗は対面した。かたわらに恭子もいた。早苗の祖母に恭子は何度か会っていたが、もっとも最近で十二年ほど前だった。

医師が祖母の最後の様子をかたちどおりに説明した。祖母の体を清める作業に早苗はつきあい、恭子は部屋の外で待った。少し離れたところにベンチがあり、恭子はそこにすわって外を見た。やがて早苗が部屋から出て来た。ベンチまで来て恭子のかたわらにすわり、

「葬儀社は婦長さんが教えてくれた」

と言った。

「自分もごく最近、世話になったのですって。ごく小規模な葬儀を、きちんと丁寧にやっ

てくれるところ」

　そう言って早苗は腕時計を見た。

「三十分たったら死亡証明書が出来るんですって。千五百円。それを受け取った頃、葬儀社の自動車が来て、祖母の遺体は葬儀社へ。葬儀は明日、午後一時」

「私もいくよ」

「斎場は五十一号線をまっすぐ南へいって、右へ入ったところ。遠くはない」

「いまの車でついていく」

「ずらっとならんだ花輪に陽ざしがきらめいてるところだね、いまは」

　ふたりはそのままそこにいて話をし、やがて三十分が経過した。早苗は婦長に挨拶し、ふたりはエレヴェーターに入った。死亡証明書の受付デスクで証明書を受け取って代金を支払い、一階へ下りた。

「私は地下へいく。葬儀社の車で祖母の柩につき添うから」

「病院の敷地から道路に出るところで、待ってるよ。うしろからついていく」

　と言った恭子に早苗は一枚の紙を手渡した。葬儀社の名称や電話番号、所在地を示す道路地図などが、わかりやすく印刷してあった。

「出口のところにいる」

と恭子は言い、そこでふたりはいったん別れた。待合室その他のスペースを抜けて、正面のドアから恭子は外へ出た。陽ざしのなかを駐車場へ歩きながら、彼女は空を仰いだ。駐車場に入ってＳＵＶまで歩き、運転席のドアの前で彼女はふたたび空を仰いだ。晴天の日の空は青かった。東京もおそらく晴れているが、空の色はくすんでいるはずだ、と恭子は思った。運転席に入って発進させた。出口、と趣のない太い文字で書かれた上に、赤い矢印があった。その出口のすぐ手前で左に寄り、そこに停めて待った。

しばらくして葬儀社の自動車を恭子はミラーのなかに見た。見た瞬間、あれだ、とわかった。柩を乗せた国産の黒いセダンが、ＳＵＶとほぼ平行して停まった。ガラスを下ろしたうしろの窓から、早苗がなにか言った。五十五号線、という言葉が聞きとれた。恭子は右手の指で丸を作ってみせ、葬儀社のセダンは発進した。恭子の運転するＳＵＶがそれに従った。

葬儀社の自動車はきわめて穏やかに走行した。うしろから見ている恭子は、これこそ模範的な走りかたではないのか、と思った。見覚えのある景色を、そこからすでに遠く離れた人として、楽しむ余裕もあった。インタチェンジの北で自動車道をくぐった。公会堂の手前から左に分かれ、ごく平凡なアプローチとなる道路をいき、建物の正面玄関と平行して、葬儀社の自動車は停まった。離れた場所の隅に恭子はＳＵＶをいったん停め、お客様専用、と看板の出ている駐車スペースに気づき、そこまでＳＵＶを移動させた。

葬儀社の自動車の後部が開き、柩が引き出され、葬儀社のストレッチャーに乗せ替えられた。係員に押されて正面入口からなかへ入っていく様子を、恭子は観察した。早苗のあとについて彼女も葬儀社の建物に入った。ストレッチャーとともに早苗は奥へ入っていき、恭子はロビーのような場所にひとり残った。壁に寄せてならんでいたパイプ椅子のひとつにすわった。

しばらく待つと、早苗があらわれた。まっすぐ恭子のかたわらへ来て、

「お別れしてきた」

と言い、紙を一枚、手渡した。斎場への地図だった。名称や電話番号を恭子は見るともなく見た。

「葬儀は明日の午後一時から。読経はそこで。今日はこれでおしまい」

ふたりは建物の外へ出た。

「あのカフェへもう一度いこう」

「コーヒーね」

「お腹も空いた。あのカフェのサンドイッチはよく出来ている」

ＳＵＶは早苗が運転した。駅に向けて引き返し、カフェの駐車場に入った。空いていた

スペースに停め、ふたりは肩をならべてカフェへ歩いた。店に入って早苗は、

「サンドイッチはまだあるかしら」

と店員に訊いた。赤い四角い縁の眼鏡をかけた女性の店員が、

「メニューにあるものはすべてご用意出来ます」

と答えた。

「アメリカン・クラブ・ハウスを一・五人前。それからブラジルの深煎りで、コーヒーを二杯」

と、早苗は注文した。

「おふたり様ですね」

という確認に早苗はうなずいた。

壁ぎわのテーブルでふたりは差し向かいとなった。

「ちょうど一年」

と、早苗は言った。

「私がここへ戻って来て、祖母と毎日会うようになってから。夕食は私が作ってた。私とふたりで夕食をするのが、一日の目標みたいになったのね。早苗の作るものはおいしい、と喜んでた。せめてもの。動きはゆっくりになってたけど、ひとりでなんでも出来てた。

頭は私より良かったかもしれない。体の具合が悪くなって、ひと月前に入院して、今日、おしまい。母は沖縄でジェラート作り。一度だけ送ってくれたことがある。ものすごく、おいしかった。悔しい。父は北海道。祖母には母のほかに娘がふたりいるけど、ふたりとも外国。すべて終わったら、ごく事務的に、私が手紙を書く。それでほんとに、おしまい」

と、これで三度目のおなじ言葉が出た。コーヒーがテーブルに届いた。ふたりはそれぞれにコーヒーを飲んだ。

「おいくつだったの？」

と、恭子が訊いた。

「ちょうど八十。母が二十五のときの娘が私で、その母を祖母が生んだのが、二十四のときだったから。足し算をすると八十になる」

そう言って早苗は笑った。

サンドイッチが届いた。ふたつの皿に二等分してあった。ふたりは食べた。

「確かに、お腹は空いてる」

と恭子は言った。

「一・五人前という注文は正解だったね」

「食べてて思い出したことがある」

と、恭子は言った。

「早苗ちゃんは、薄味の天才、と呼ばれてたよね」

恭子の言葉に早苗は笑った。

「高校三年のときの文化祭の、おでんだよ。スパゲッティも作ったな。ナポリタン」

「食べた記憶がある」

「食材そのものに固有の味があるから、それを活かすなら理の当然として薄味になる」

今日聞いたなかでは、もっとも早苗らしい言葉ではないか、と恭子は思った。

「今日はこのあと、どうするの？」

と訊かれた恭子は首を振り、

「なんにも予定してない」

と言い、

「泊まるのはビジネス・ホテルでいいと思ってたし」

「恭子の実家はもうないんだよね」

とつけ加えた。

「ないよ」

「両親はここにはいなくて」

「誰もいないよ」

「私とおなじだね」

そう言われれば、共通した部分はいくつかあった。

「いっしょにお祖母さんのところに泊まろう。おいでよ。お祖母さんは、きれいに住んでたから」

「邪魔にならなければ」

「ぜんぜん。来て。泊まって」

「そうしよう」

「とんでもない展開だね。明日は斎場だし」

「平気だよ」

「夕食には肉を食べよう。いい肉屋さんがあるから、そこで買っていこう。切り落とし。ひとり百五十グラムずつあれば、充分だろう」

「料理はごく簡単に」

という恭子の言葉に早苗はうなずいた。

「小松菜の炒めたもの。妙な味をつけないで。菜の花の油で炒めるだけ。肉はレモン醤油かな。薄味のいい醤油があるから。ご飯は食べるよね」

恭子はうなずいた。

「それも私が炊く」

早苗が語る夕食の出来上がりを恭子は想像した。その簡潔さは見事なものではないか。

と思ったのがきっかけになったのか、すべての物事が急に日常的なものになった。

「早苗はやがてお茶の水に戻るのね」

「湯島」

「会おうよ」

「会いたい。連絡する」

おたがいの電話番号をスマートフォンへ送り合った。

「ひとり暮らし？」

と早苗が訊いた。

「ひとりよ」

「ほっとかないでしょう」

「誰が？」

「いろんな人が」

「そんな人、どこにいるの？」

「あちこちに」

「それは、どことどこ？」

　ふたりは笑った。

「恭子ちゃんは変わってない」

「早苗もよ」

「そうね。料理はいまも薄味だし」

「早苗は、ひとり？」

　と恭子は訊いた。

「まったくの、ひとりだよ」

「そこも似てる」

「お茶の水で会おう。坂を下りれば神保町だし」

「勤め先は変わるかもしれない」

「お祖母さんの家は空家になるの？」

「誰か住んでくれる人はいるよ。家賃は無料。親類に誰かいるな。思い出した。親の家で二階に住んでる夫婦。子供がひとりいて。そういう人」

「家賃は名目だけもらっておいたほうがいいかな。月に一万円。地元の不動産屋さんにすべてをまかせて。年末に一年分を振り込んでもらう、というようなしかけ」

「なるほど。親が不動産屋だという人が高校のおなじクラスにいたなあ。同窓会の名簿で探してみよう」

「同窓会？」

「高校を出て五年後にあったの。そのときに配った名簿。恭子ちゃんは来なかった」

「早苗がすべてを相続するのね」

「その問題があったか」

　と言って早苗は笑顔になった。

「家と土地。銀行の口座にある現金。やっかいだよ。いちいち手続きが必要で。手続きの基本は書類だよ。必要な書類というものがあって、それがすべて揃わないことには、なにひとつ進まない」

「本気になったら、私は得意だよ」

「本気にならないと」

「親が司法書士の人が、これもクラスにいたなあ。調べよう」

「まかせればいいんだよ。相続するのは早苗で、他の人には放棄してもらって。これもすべて書類にしないと。相続税はかからないな」

「かかったとしても、三千六百円くらいか」

ふたりは笑った。やがてカフェを出た。恭子がＳＵＶを運転した。肉屋へいって切り落としを買った早苗が隣りの席に戻り、

「他になにか用はあるかな」

と言った。なにもなかった。だから恭子は、

「なにもない」

と答えた。

早苗の祖母がひとりで長く住んだ家は、建てて十年ほどの一戸建て、という印象の木造平屋だった。家の周囲にはなにも余計な物が置いてなく、庭の手入れはされていないが、ぜんたいとしてすっきりした、静かな様子だった。田舎ふう、とも言えない玄関から廊下に上がり、早苗は間取りを案内した。

「風呂は長く使ってないなあ。風呂はディ・ケアだったから。シャワーは使える。私が使ってた」

いちばん奥の部屋で壁に寄せてある折りたたみのベッドを、笑いながら早苗は指さした。

「恭子ちゃんはこれに寝るんだよ。イタリー製の折りたたみ。何年も前に買ったけど、いまでも通販のカタログに出てる」

夕食は恭子が想像したとおりだった。どこにも無駄はなく、簡素さの限度いっぱいに美味だった。そして食後の煎茶にこれほど感心したのは、恭子にとって初めての経験だった。ふたりは早くに寝た。

次の日の朝、食事は早苗が作った。多くの種類の野菜が入ったオムレッツに全粒粉のパンだった。

「卵がこんなに粘ってる秘訣は？」

「牛乳を少し。あとはタイミング」

と早苗は答えた。コーヒーを飲みながらひとしきり世間話をすると、支度を始める時間だった。喪服に見えなくもない黒い服でまとめた早苗は、薄化粧の出来ばえもあってか、美人、というじつはひどく曖昧なふたつの漢字に、ぴったり当てはまった。恭子はビジネス・ホテルの部屋ではおろうと思って持ってきた、ツイルの黒い長袖のシャツが役に立った。その下のＴシャツはくすんだ紫色で、ジーンズにトレッキング・ブーツだった。

「それで素敵だよ」

と早苗は評した。

「十一時までに来てくれ、ということだから」

と早苗は言い、ＳＵＶを運転して葬儀社に向かった。

「私は霊柩車で柩に付き添うから、恭子ちゃんはこの車でうしろからついて来て。五十一号線をずっと南へ。バスが走ってる。停留所の手前で左へ出ていき、斜めに交差してる十字路を左へ」

すべては予定どおり進行した。午後二時過ぎには終わった。棺を火葬へと見送ったとき、十人はいただろうか。私が死んだら知らせる人、という一覧を早苗の祖母は作っていて、それに従って前夜のうちに早苗が連絡した。早苗は会葬者のひとりひとりに、丁寧に挨拶した。恭子は何人かを紹介された。誰もが彼女の両親を知っていた。

最後まで残っていると、早苗と恭子のふたりだけとなった。火葬されて骨が灰のようになった祖母は、壺のなかの人となり、その壺は木箱に収められ、木箱は布で包まれ、手さげのついた大きな紙袋のなかだった。それを早苗が下げて斎場を出た。駐車場へ歩き、早苗は紙袋をうしろの席に置いた。

運転席に入ってから、

「あのカフェへまたいこう」

と早苗は言った。

「三十分はある。恭子ちゃんは、あやめ、という特急に乗ればいい。十五時三十分。新宿に着くのは十七時三十八分」

カフェでコーヒーを前にして、早苗の口調には余裕があった。

「このカフェへ一日に二回来たのは、昨日が初めてのことだった。二回、来るのは、いいね。午前中に来て、コーヒーで気合を入れて、夕方にまた来て、コーヒーでその気合を抜く」

ふたりは笑った。

「いまは、どちらなの？」

という恭子の問いに、

「気合は抜けていく」

と、早苗は答えた。

特急のなかでの時間を恭子はノートブックに書き込む作業に使った。昨日、自宅を出てから今日ここまでの出来事を、時間順に、思い出せる限りの細かさで、書いていった。

自宅に戻ると五月の夜はすでに始まっていた。まずシャワーだ、と思ったところで、彼女はチャイムの音を受けとめた。もっとも遅い時間の、宅配便の配達だった。彼女は段ボール箱の荷物を受け取った。編集者の山野玲子からの荷物だった。カッターでテープを切り、恭子は荷物を開いてみた。

木製の、じつに拳銃らしい形状の、しかし持つと軽いゴム鉄砲がひとつ、クッション材にくるまれていた。緑色の輪ゴムがいくつも入った透明な袋を、彼女は木製の拳銃とともに持った。手紙が添えてあった。万年筆で手書きしたその手紙を、恭子は椅子にすわって読んだ。

「輪ゴム飛ばしのことが気になっていまして、インタネットで検索していたら、こんなのを見つけました。興味がありましたので購入しました。輪ゴム飛ばしの拳銃です。木工の職人が手がけたものだそうで、なかなかの出来ばえです。先端に向けて細くなっていく銃身が素敵ですし、グリップも細くて握りやすいです。ぜんたいのかたちは架空のものだと思いますが、クラシックな雰囲気がかたちのなかに満ちています。使ってみました。輪ゴムは驚くほどまっすぐに飛びます。的に当たります。狙う行為が楽しく報われます。標的はポッキーの箱では大きすぎますよね。体にやさしいかぼちゃポタージュ、というスープの箱もおなじような大きさです。広島へ出張した人が、おみやげで三点セットをくださいました。海軍さんの珈琲キャラメル。広島レモンのレモスコという調味料。そして広島カープのまっ赤なボールペンです。これは芯が三本あって、0・5、0・7、1・0の三種類が使い分けられます。このうち、海軍さんの珈琲キャラメルの空き箱は、輪ゴム飛ばしの標的になります。幅が五ミリ狭くなると同時に背丈が三十ミリ高くなる、広島レモンの空き箱も、いい標的です。倒れるときの感触には捨て難いものがあります。グリコの空き箱は海軍さんの珈琲キャラメルとおなじ大きさです。都こんぶの空き箱は素敵です。高さ八十八ミリ、横幅三十四ミリ、厚さは二十二ミリです。輪ゴム飛ばし拳銃の標的にふさわしいのは、これだと判断しています。空き箱は楽しいですね、きりがないです。それからもうひとつ。かつておなじ編集部にいた、ひとまわり年上の男性に、三崎さんのこと、エアー・ソフト・ガンのこと、輪ゴム飛ばしのことなどを話しましたら、彼が十年くらい前に使った競技用の精密ＢＢ弾拳銃を、三崎さんに進呈すると言うのです。辻堂の実家にあるので、来週末には取りにいくそうです。標的を狙って当てる楽しさはエアー・ソフト・ガンの比ではないそうです。一発ずつボルトを引いて空気をコックする方式だと彼は言ってます。アメリカの煙草のラッキー・ストライクはまさに標的です。袋ですのでボール紙でおなじ大きさの箱を作って、貼ればいいのです。競技用の銃はお会いして渡したいです。そのときラッキー・ストライクは空き箱として作り、これも持っていきます」

二度、恭子は繰り返して読んだ。それに値する、と彼女は思った。

輪ゴム飛ばしの木製の拳銃を恭子は手に取ってみた。山野玲子が手紙のなかに書いているとおり、素晴らしいかたちをしていた。木工の細工は過不足なく、重さはちょうどよく、握りやすく、引き金の抵抗には信頼感のようなものさえ、彼女は覚えた。六連発なのだということが、観察していてわかった。銃口のすぐ上に高さ五ミリほどの照星があり、その上から一ミリのところに、輪ゴムをかける溝があった。連発の機構を離れた輪ゴムは、どこにも当たることなく飛んでいくはずだ、と恭子は思った。

輪ゴムを飛ばしてみたくなった。袋のなかに緑色の輪ゴムがたくさんあった。問題は標的だ、と彼女は思った。煙草の空き箱について彼女は思った。煙草の空き箱が身辺にあるわけなかった。他になにかあるのではないか。彼女はあたりを見まわした。なにかあるはずだ。忘れているものはないか。キャラメルの空き箱は、ないのか。キャラメルを自分は久しく口にしていない。キャラメルないしは箱に入ったキャンディを購入した記憶をたどろうとしたが、そもそも出発点にそのようなものはなかった。

知人がなにかくれなかったか。一年ほど前。桜が散って、葉桜になった頃。箱に入っていたではないか。確かあれはキャラメルだった。名前は？　思い出せなかった。空き箱をどうしたか。捨て難く思った空き箱、というものを彼女は思い出した。捨てなかったはずだ。ということは、とってある。それはいま、どこにあるのか。そのようなものは、収納棚の上のほうの段に、自分は置いている。あそこのあの棚の、観音開きの扉を開き、まだなにも置いてないスペースがあることに軽く驚きながら、白い合板の棚板の上に、その空き箱を自分は置かなかったか。

洗面室に向かって左側に引き戸があった。この戸を開くとそこは物置であり、奥の壁には棚が作ってあった。棚には観音開きの扉があった。その扉を彼女は開いてみた。いちばん上の白い棚板の、左に寄せて、紙の空き箱がひとつあった。これだ、と声に出そうになった。これを自分は捨て難く思い、したがってここに置いた。一年前のことだ。腕をのばした彼女はその空き箱を手に取った。ボンタンアメの空き箱だった。

一年前の自分はこの箱を捨て難く思ったのだ、と懐かしい気持ちを覚えながら、恭子はその空き箱を見た。手のなかに入るきれいなサイズだ。もっとも大きな種類の蜜柑だというボンタンが黄色く縦に三つ、箱の右側にならんでいた。その左には濃紺の地を背景にして、赤い縁取りのある白い片仮名で、ボンタンアメ、とあった。両者の中間に、南国特産、という文字が読めた。いまでも自分はこの箱を捨てないのではないか、と恭子は思った。

長方形の木製のテーブルへ歩き、輪ゴム飛ばしの拳銃のかたわらに空き箱を置いた。よく似合っていた。拳銃にほどこされた木工の仕上がりは美しく、空き箱の色と拳銃の褐色とが、この上なく調和していた。先細りになった銃身と、空になった薬莢の蹴り出されて来るポートが、スライドに再現してあった。やや細く、そして充分に長さのあるグリップの角度と、その前にある丸いトリガー・ガードに、自分の右手の指が無理なくからむ様子を、恭子は楽しんだ。

テーブルの片側に重なっている本の柱に寄せて、恭子はボンタンアメの空き箱を立てた。

袋から輪ゴムをひとつだけ、つまみ出した。淡い緑色の輪ゴムの一端を、銃口のすぐ上にある照星の溝にかけ、輪ゴムの左右が均等になるよう、指先で引っ張った。そして連発機構の歯車の突起のひとつに、かけた。引き金を引くとこの歯車が六分の一回転して、輪ゴムははずれる。そのようなしかけであることを、恭子は確認した。輪ゴムの色が、木製の拳銃の、濃淡二色の褐色を引き立てていた。この輪ゴムの淡い緑色はそのために選ばれたのだろうか、と彼女は思った。

　ボンタンアメの空き箱が立っているところから、彼女は四メートルほど離れた。そしてしゃがんだ。空き箱とそれを狙う自分の目の位置を水平にし、狙いをつけ、引き金を引いた。輪ゴムはきれいにまっすぐ飛んだ。空き箱は倒れてうしろに積んである本に当たり、右へ転がった。空き箱を倒したあと、輪ゴムは左へ飛び、雑誌の上に落ちたときはすでに、ただの輪ゴムだった。

金曜日、雨模様、気温８度

その私鉄は複線だ。終点・起点から三つだけ西のその駅では、おなじ長さのプラットフォームが、複線をはさんで向き合っていた。下りの電車をこの駅で降り、駅の南口に出るのは簡単だ。プラットフォームのほぼ中央にある駅舎の改札ゲートを出て、さらに駅の建物の外に出ると、目の前に南口が広がっていた。上り電車をこの駅で降りた人が南口へ出たければ、プラットフォームの西寄りにある跨線橋の階段を上がり、複線を越え、下りプラットフォームの階段を降りたのち、駅舎の南口改札ゲートを出る。北口から駅に入って、下りの電車に乗る人も、これとおなじだが逆の動きをしなくてはいけなかった。

駅のすぐ東側に踏切があった。南北に延びる商店街のまんなかだ。南口の商店街は踏切から三百メートル、そして北口の商店街は百メートル短く、二百メートルほどだ。踏切から北へ二百メートルのところに街道があり、北口の商店街はその街道までだった。商店街はそのぜんたいが賑わっていた。日常の生活のなかで必要になるものはすべて、この商店街でまかなうことが出来た。酒と食べ物はこの町で人々が営む日常生活の中心であり、それにかかわる店の数は多く、多彩だった。

下りの電車を降りた上杉邦彦は跨線橋までプラットフォームを歩き、橋で複線を越えて階段を下り、北口の改札ゲートを出て、すぐ東の踏切へ歩いた。踏切の遮断機は下りて水平になり、警報が鳴っていた。何人もの人たちが電車の通過を踏切で待っていた。いま人々が通過するのを待っているのは上りの電車だと思いながら、待っている人たちのうしろに、上杉は立ちどまった。九月の八日だ。それにしても暑い、と彼は思った。マドラスの半袖シャツの前ボタンを彼はすべてはずしていた。シャツの下に着ているのは黒い半袖のTシャツだった。チーノにトレッキング・ブーツ、そして黒いナイロンの薄いブリフケースを下げていた。上杉は腕時計を見た。

「上杉さん」

と、右側のすぐ近くから、若い女性の声が彼の名を言った。その声に彼は顔を向けた。関根亜紀子が自分を見て微笑しているのを、彼は見た。

「関根さん」

と上杉は言った。

「待ち合わせなの？　いま腕時計を見たでしょう」

「踏切で人々のうしろに立って電車の通過を待ってるとき、僕は腕時計を見る癖がある」

関根亜紀子は彼とおなじフリーランスのライターだ。仕事の領域は広い。京都のガイド・ブックでともに仕事をしたとき、上杉は彼女と知り合った。京都に滞在して彼女が取材し、彼がそれを東京で文章にまとめ、本ぜんたいのレイアウトもこなした。

「おなじこの町に住みながら、こうして偶然に会うのは、初めてじゃないか」

「会いましょうよ。偶然ではなくてもいいから」

　電車は通過し、警報は鳴りやみ、遮断機が上がった。踏切の右端を歩いて、ふたりは複線の線路を越えていった。ふたりがおなじ年齢だということを、京都のガイド・ブックの仕事が終わる頃に上杉は知った。おなじこの町に住んでいることも知り、軽く驚いた。

「ぜひ、珈琲を」

　と上杉は言い、

「そうしましょう」

　と亜紀子は答えた。

　上杉は喫茶店の名前を言った。

「南口だよ。こちらのほう」

「知ってます。私も好きなお店よ」

「そこにしよう」

　駅の南口にはロータリーがあった。踏切を越えてすぐに脇道に入り、ロータリーの南をまわり、商店のならぶ路地に入った。その路地を少しだけ奥に入って右の道を曲がるとすぐに、喫茶店があった。ふたりはそこに入った。

店の床は板張りだった。厚い木材を敷きつめた床だろう。歩くときの感触には、他では得られないものがあった。その床は深い褐色で、複雑な曲面のある天井は、おなじ褐色をさらに深くしたものだった。調和した色の椅子とテーブルが、白熱灯の暖かみのある光のなかに、静かに配置されていた。

「好きな席が空いてます」

と、亜紀子は言った。

壁ぎわのふたり用の席へ彼女は歩き、彼女の差し向かいに上杉はすわった。黒いエプロンを腰に巻いた中年の店主が、ふたりの水のグラスを持って来て、テーブルに置いた。エチオピアの豆の深煎りによる珈琲を彼女が注文し、

「おなじものを」

と上杉は言った。

亜紀子は白い半袖のシャツの下に、くすんだオレンジ色の長袖のTシャツを着ていた。ジーンズに低いヒールのあるローファーだった。頭のかたちに恵まれたままにボブにしただけの髪は、怜悧そうな印象の目鼻だちとよく合っていた。足もとにトート・バッグを置

いていた。

「いつまでも暑いね」

と、上杉は言ってみた。

「もう秋なのに」

と、亜紀子は微笑した。

「今日はお仕事？」

と、彼女は訊いた。

「原稿を渡して来た。原稿用紙に手書きするんだ。原稿は紙でもらいたい、と言ってる人だから」

上杉は話を続けた。

「午前中に部屋でその原稿を書いた。原稿を渡して、下り電車でこの町へ帰って来た。そのまま南口に出ればいいんだけど、跨線橋を越えて北口に出て、踏切で電車の通過を待ってたら、きみに名を呼ばれた。踏切を渡るのが好きだから、わざわざ駅の北口へ出て、あの踏切へまわった」

「私はあと半年とちょっと」

と、亜紀子が言った。

「来年の四月なかばに二十八歳になるのよ。二十八になったら帰ります、というのが母との約束だから」

「この町でひとり暮らしだったよね」

上杉の言葉に亜紀子はうなずいた。

「その生活を引き払って、世田谷の実家に戻ります」

「いまのフリーな生活は終わるのか」

「フリーでもないでしょう。フリーランスのライターではあるけれど、制約は多いし紙の媒体はどんどん減っていくし。展望はないのよ」

ふたりの珈琲がテーブルに届いた。店主が丁寧に置くのを亜紀子は見ていた。

「実家へ戻ってから、どうするんだい」

「母が美容師なのよ」

と、亜紀子は言った。

「実家のすぐ近くに店を持ってて、昨年に改装したの。まるっきりいまふうではなく、私の意見を入れて、昔の雰囲気を充分に残しつつ、新しくしたの。好評よ」

「そこをきみが手伝うのか」

「私も美容師なのよ。大学のあいだに国家試験を受けて。それを母は強く望んでいたから。

大学を出て五年間は好きにさせてもらうことにしたけれど、その五年が来年の四月で終わるのよ」

ふたりはそれぞれに珈琲を飲んだ。

「なんでもない平日の午後、こうして関根亜紀子と珈琲を飲むことも、出来なくなるね」

「出来ますよ」

と、亜紀子は言った。

「珈琲だけではなく、食事でもお酒でも」

「おたがいのスマートフォンの番号は知ってるはずだ」

「知ってます」

「だったら、電話をしよう」

「私からも、します」

「会えてよかった」

「今日はもう仕事はないのね」

「さっきも言ったとおり、今日の締切りは終わった。明日はなにもない。明後日にまた締切りだ」

「いまのこの仕事を続けるの？」

と端的に、亜紀子は訊いた。

「そうだね」

三十歳までに作家としてデビューする、という目標はあった。ここで亜紀子に語るに値することだろうか、と上杉は思った。作家としてデビューするとは、小説の短編集を一冊刊行する、ということだった。さほど難しいことではないはずだ、と彼は思っていた。三十歳までにあと二年八か月だった。

「実家へ戻って、お店に出て、経理を私が見て、やがてその私がお店を引き継ぐことになるのかしら」

と亜紀子は言った。

「お母さんは元気なのか」

「元気よ。私は母が二十五のときの娘だから、母はまだ五十代になったばかり」

「店を引き継ぐのは十年くらい先のことだよ」

「そうかしら」

「その前に、きみ自身の店を一軒、持てばいい」

上原の言葉を彼女は受けとめた。そして考えた。その結果を彼女は言葉にした。

「目標だわね」

「何度も会おうよ」

「誘って」

「そうしよう」

「ほんとよ」

「電話する」

ふたりが店を出るとき、二杯の珈琲の料金を上杉が支払った。

「誘ってね。少なくとも珈琲に関しては、この次に私が払います」

「きみに電話をかけて、珈琲、とひと言だけ言うよ」

店の前でそのようなやりとりを交わし、ふたりはそこで別れた。

上杉はしばらく商店街を歩いた。二軒目の喫茶店へいくべきだ、と歩きながら思った。踏切で関根亜紀子に声をかけられてからここまでのことを、何度か反復する必要がある、と彼は考えた。今日の午前中に部屋で原稿を書き、その原稿を午後の早い時間に年上の編集者に渡し、電車でこの町へ帰って来た。跨線橋を越えて北口へまわり、踏切へ歩いた。人々のうしろに立って電車の通過を待ち、腕時計を見た。そして亜紀子に至近距離から名を呼ばれた。自分の行動がすんなりとひとつにつながっていた。そこに亜紀子が、きわめて無理のないかたちで、途中から加わった。あの喫茶店で差し向かいにすわり、彼女と交わした会話についても、ひと言ずつ反復しておくといい、と上杉は思った。このまま歩いていると、反復への思いが希薄になっていくのではないか、と彼は感じた。だからとおりかかった喫茶店に彼は入った。かつて何度か入ったことのある店だった。嫌いな店ではなかった。

奥の席にすわり、コスタリカの豆による珈琲を注文した。その珈琲がテーブルに届いたときには、彼はすでに反復する作業に入っていた。亜紀子と交わした会話は特に大事だ、と彼は思った。美容師のことを中心にして、彼女の言葉のすべてを彼は思い出して、頭のなかでそれを順番にならべた。

部分的に、あるいはぜんたいを、上杉はたどりなおした。ぜんたいを反復する作業を三度繰り返すと、これ以上は必要ではない、と言える状態に到達した。じつにきれいにすんなりとしている、というのが上杉の結論だった。このとおりを、現実にあったとおりに書くなら、それは短編小説の前半として、いいのではないか。珈琲を飲み終えた彼は、おなじ豆で二杯目を注文した。

二杯目の珈琲を飲みながら、彼はさらに考えた。あの喫茶店の前で別れるまでが、確かに短編の前半だ。後半はどうなるのか。彼女を誘わなければいけない。食事でも酒でも、と彼女は言っていた。酒だろうか、と彼は思った。誘えばそこに現実が生まれる。現実は展開していく。うまくいけば、それもそのとおり書いて、短編の後半とすることが出来るのではないか。そうは都合よくいかないかもしれない、という思いもあった。後半を、想像だけで作ることは可能だろうか、と上杉はふと思った。

九月なかばの今日、都内では夏日だった。まもなく秋分のはずだが、秋分とはいつ頃だったか、と思いながら上杉邦彦はその店の引き戸を開いた。

引き戸のガラスはいちばん下から大人の平均的な目の高さまで、半透明だった。そこから上は透明なガラスだ。透明なガラス越しに店のなかの様子を外からうかがうことが出来た。平日の午後七時過ぎのいま、店のカウンターはほぼ満席だった。

引き戸を開いてなかに入った上杉の正面にカウンターがあった。店の内側に向けて開いた「コ」の字をした、木製のカウンターだ。三辺の長さがおなじだった。そのことにすぐに気づく人がたまにいた。

三軒の店がこのカウンターを共有していた。左端のカウンターは焼き鳥の店のものだ。この町ですでに五十年の歴史があるという。初老の男性がひとり焼き台に向かい、いつ見ても串に刺した鶏肉を焼いていた。まんなかは常に十数種類の料理を揃えた店だ。そして右端のカウンターは酒の店のものだ。基本的には辛口の清酒が十二種類に、酒粕を使った焼酎がひと種類あった。

　上杉邦彦は右側のカウンターを見た。空席がカウンターの端にふたつ見えた。そのすぐ左の席にいる若い男性が、上杉に顔を向け、右手を上げていた。自分を見ているその男性を、知っている人だ、と上杉は思った。そして、寺島晴夫という名を思い出した。寺島は白いTシャツの上に淡い青の半袖シャツを着ていた。自分の右隣りにある空席を、寺島は示していた。

　笑顔で寺島にうなずいた上杉は、その空席へ歩いた。寺島の右側に空席がふたつあった。上杉は寺島の右隣りにすわり、カウンターの下の棚にブリフケースを横たえた。黒いナイロンでマチ幅は三センチだった。上杉にとっては使いやすく、どこへいくにも彼はこのブリフケースを持っていた。

　椅子にすわった上杉は、

「寺島さん」

　と言った。

「僕の名前を覚えててくれたのですか」

　と、寺島が言った。

「寺島晴夫さんだよ。名まで覚えてる。おなじ年齢だったかな」

「僕は二十八です」

「覚えにくいと言うなら、僕の名前も人後に落ちない」

「上杉邦夫さん」

「邦彦」

「そうだ、上杉邦彦さん」

「一度だけ会ってるよね」

三か月ほど前、六月のなかば、この町の酒の店に、上杉は年長の男性とふたりで入った。そこに寺島がいた。彼も連れとふたりであり、おたがいの連れどうしが、親しい間柄だった。だから上杉は寺島に紹介された。寺島は出版社に勤める編集者だということだった。

「いずれなんらかの本を作れれば、という話までしたことを、僕は覚えてます」

と寺島は言った。

「小説の本は？」

と、上杉は言ってみた。

「大いにやる気です」

「たとえば、僕の最初の短編集」

と上杉は言い、寺島は上杉の顔を見た。そして、

「作家としてデビューするのですか」

と言った。

上杉はうなずいた。

「ぜひやらせてください」

「いずれ原稿をたくさんメールするよ」

「僕の名刺は渡してありますよね」

「もらってある」

「上杉さんの名刺を、僕は持ってます」

「なにを飲んでるの？」

寺島の手もとにある陶器の小さなカップを上杉は見た。

「酒粕の焼酎です。氷をひとつだけ入れるのが、教わって以来の僕の好みです」

「おなじものを」

と、上杉は、カウンターのなかで注文を受ける中年の男性に告げた。

「氷をひとつだけ。それと、きんぴらごぼうと肉じゃが」

注文を終えた上杉に、

「夕食がまだなのですね」

と、寺島は言った。

「ここは食事も出来るのです。いい店ですよ」

「せっかくだから焼き鳥も食べよう。半分こしよう」

皮と若鳥を二本ずつ、と上杉は追加した。

酒粕の焼酎はすぐに出て来た。ごく軽く、ふたりは乾杯した。ひと口飲んだ上杉は、

「これは、うまい」

と、思わず言葉にした。

「そのとおりです」

「これをいまから、何杯も飲むの？」

笑いながらそう訊いた上杉に、寺島は苦笑した。

「とんでもないです。一杯だけです。飲んべえに見えますか」

「堂に入ってる」

きんぴらごぼうの小鉢がカウンターの向こうから上杉の手もとに置かれた。

「これもうまそうだ」

寺島は上杉の言葉に強い賛意をあらわし、

「ごぼうを食べるとなぜか安心するのです。子供の頃からですよ」

と、言った。

「もう少し寒くなると、野菜の煮込みがあります。四百五十円。まぐろのぶつが五百四十円。レバー焼きが七百二十四円。メニューを覚えてます」

寺島はきんぴらごぼうを平らげて焼酎を飲み、上杉は肉じゃがをたべた。

「あと三十分ほどで」

と、寺島が言った。

「女性がひとり来ます。上杉さんの右隣りの席を空けておいてください。僕より四つ年上で、清楚な印象のあるほっそりした人で、笑顔が華やかです」

「名前を聞いておこうか」

「村瀬珠美です」

「寺島さんといっしょのところを、何度か見てるかな」

「そうかもしれません。三年目になりますから」

「だったらあちこちで見てるよ」

上杉の言葉に寺島は笑って焼酎を飲んだ。

「最初に口をきいたのが、この店でした。いま僕がいる席に彼女がひとりでいて、僕はその左隣りでした。一杯だけ飲みながらの夕食です。酒粕の焼酎に氷をひとつだけ入れるという飲みかたは、彼女に教わったものです。カウンターに隣りどうしで、おたがいにひとりで、気さくなこの店ですからね。飲んで食べて話をして、送っていくことになったのですが、送るまでもなくすぐ近くなのです。住んでる部屋のある建物の入口で名刺をくれましてね。いつもこの番号のところにいますからお電話ください、と彼女は言ったのです。ですからそのすぐあとに電話をして、次に会う日と場所をきめました。会ったときはすでに仲良しで、それ以来ここまで続いてます」

「大事にしたほうがいい」

「そのつもりです。さきほどまぐろのぶつと言ったのは、彼女の好物だからです。ひとつ注文して、半分残しておけば彼女はご機嫌です」

　まぐろのぶつを上杉は注文した。そして左隣りの寺島に、

「もっと聞かせてください」

　と言った。

「寺島さんの話は聞いてると楽しいから」

　寺島は上杉に顔を向けた。そして、

「一軒家が好きなんですよ」

　と言った。

「その彼女が」

「そうです。これはと思う物件を、いっしょに見にいく約束がしてあります。今度の土曜日に」

　聞いている上杉に寺島はかたわらで続けた。

「一軒家が僕は得意です。ずっと一軒家に住んできましたから。僕が住んでた家には雨戸というものがまだありましてね。それの開け閉めが僕の日課でした。一軒家に住むにあたって、必要なことはすべて、僕の担当でした。なんでも出来ます」

「たとえば？」

「切れた電球を脚立に乗って取り替えるとか」

「その一軒家はいい家だ、という予感が僕にはある」

「そうですか」

　うなずきながら、上杉は肉じゃがを食べ、焼酎を飲んだ。

「僕の父は早くに亡くなって、母とひとりだけの妹にこの僕の三人で、一軒家に住んだのです」

「やがてここへ来る彼女は、四つ年上と言ったっけ」

「そうです」

「彼女がお姉さんだよ」

「僕もそう思ってます」


九月の後半は雨が多かった。十月になると晴天の日が続いた。まだ寒いと言うほどではなかったが、上杉邦彦はカーキー色の薄いコートを着ていた。その下は長袖のポロシャツで、さらにその下には、黒い化学繊維の長袖のＴシャツを、今日の彼は着ていた。そしてチーノにトレッキング・ブーツに、マチ幅の薄い黒いナイロンのブリフケースを持っていた。

午後八時のその店は賑やかだった。人の話し声や笑いに、焼き鳥の匂いが溶け込んでいた。店の内側に向けて開いた「コ」の字のカウンターの、先日は寺島晴夫といっしょだった右側のカウンターのならびを、上杉は見た。空席がふたつあった。彼はそこへ向かった。ふたつならんでいる空席の左に彼はすわり、右は空席のままだった。


カウンターの向こうにあらわれた中年の男性に、酒粕の焼酎を上杉は注文した。

「氷をひとつだけ」

と、男性は言った。笑顔でうなずいた彼に上杉は、

「それから、きんぴらごぼうにまぐろのぶつ」

　と言った。

　酒がすぐに出て来た。それを上杉は静かに飲んだ。きんぴらごぼうとまぐろのぶつが、同時にカウンターにならんだ。そのきんぴらの最初のひとつまみを口に入れたとき、

「こちらの席は空いてますか」

　と、若い女性の声を上杉は自分の右側に聞いた。顔を向けた彼は、

「空いてますよ、どうぞ」

　と言った。

　この店で初めて見る女性だった。椅子にすわると同時に、

「おいしそう」

　と、彼女は言った。彼の前にならんでいるものを、彼女は見ていた。

「まぐろのぶつと、きんぴらごぼうです」

　それぞれを指さして、上杉が言った。

「この町できんぴらごぼうを食べることが出来るのは、おそらくこの店だけです」

「お酒は、なになの？　いつも、私はきめかねるのよ」

　一合の半分が入った陶器の、持ち手のないカップのような器を、上杉は片手に持った。

「酒粕の焼酎です」

「私もそれにしよう」

と言った彼女は、店の中年男性に、

「酒粕の焼酎、そして料理もこちらとおなじものを」

と告げた。自分に視線を向けたその男性に、

「氷はひとつ」

と、上杉は言った。

「酒粕の焼酎、氷はひとつ。そう言えばいいのね」

「上出来です」

「そうかしら」

と顔を寄せて言ったとき、ふと香るものがあった。彼女の香水だろうか、と上杉は思った。細い糸による薄いセーターはカシミアと木綿の混紡ではないか。その黒い色に、上にはおっている丈の長いカーディガンの、淡い紫色がよく調和していた。ぜんたいを好ましくまとめているのは、髪の黒さ、そしてごく軽い化粧のなかでの、赤い口紅だった。酒が届いた。最初のひと口を静かに飲んだ彼女は、

「これは、おいしい」

と言った。

「氷はこうしてひとつだけなのね」

グラスに顔を近づけた彼女は、指先で氷をつついた。

「お酒はこの一杯。あとはお食事」

「それにぴったりの、いい店です」

「なにかもう一品、勧めて」

「コールスロー、あるいは、マカロニ・サラダです」

マカロニ・サラダを彼女は注文した。そして、

「私の名前はねえ」

と、いきなり言った。

足もとに置いたバッグから手帳とボールペンを彼女は取り出した。手帳の表紙はボルドー色の皮革で、バインダーには無地のリフィルが百枚ほどあった。手帳を開いた彼女は、最初のリフィルのまんなかに、青いインクのボールペンで、三枝百合江、と大きく書いた。

「こうして字で書かないと、雰囲気は伝わらないでしょう。サエグサユリエという音声だけでは、伝わらないものがあるのよ」

「伝わらないのはどのような雰囲気ですか」

と上杉は質問した。

「ずっと昔の日本映画に出演していた女優さんの名前、という雰囲気が伝わらないのよ」

彼女の答えかたに上杉は笑った。

「そう言われれば、確かにそのような雰囲気はありますね。三枝さんの指摘は正しいです」

「どこまでも正しいはずよ」

と彼女は言い、言葉を続けた。

「戦前の日本映画をＤＶＤで観ると、配役、という言葉に続いて、主演の俳優や準主演の人、大事な脇役の人、どの映画にも出演している便利な役者など、お名前がずらっと出てくるでしょう。その人たちのつらなりが半分を越えたあたりに出てくるのが、三枝百合江という名前なのよ」

上杉はふたたび笑った。そしてカウンターの下の棚からブリフケースを引き出し、なかから皮革のカード・ケースを出し、自分の名刺を一枚抜いて彼女に差し出した。

「僕の名刺です」

受け取った彼女は、

「なにをしてらっしゃるの？」

と訊いた。

「フリーランスのライターです。いろんな文章を書きます」

上杉はブリフケースを棚に押し戻した。

「私は予備校の教師なのよ。いまは数学。模擬試験の採点。三人で共著する、高校の数学の副読本の構成。忙しいのよ。今日は企業の勉強会の進行役と講師を兼ねて。勤めている会社でのいつもの仕事からは完全に離れた勉強会だから、大学のゼミナールみたいで、定員は五名。新書で刊行されている本をテキストのようにして、みんながそれを一定のところまで読んできて、その範囲内のことを、私が面白おかしく話をしてみたり。会社の時間のあとだから、食べるものがちょっと出て来るのよ。今日は稲荷寿司で、おいしかったわ」

「いまは数学、とさきほどおっしゃいましたが、いまは、という言葉は、どういう意味ですか」

上杉の質問に三枝百合江は答えた。

「国語も教えるからよ。数学と国語。国語とは、日本語のことね。お書きになった文章をいくつか読ませていただければ、上杉さんにおける日本語の未来を、私は予言します」

「読んでください。今度、持って来ます」

酒と食事の時間は、ふたり揃ってやがて終わった。ふたり分の合計を上杉が支払った。

「おまかせしていいの？」

という言葉とその言いかたのなかに、彼女の中立さがあるのだろう、と上杉は思った。

ふたりは店を出た。店の前を離れてから立ちどまり、

「あとは部屋へ帰って、ほんの少しだけの自分の時間」

と、百合江は言った。

「送っていきます」

「近いのよ」

「遠くても近くても」

「この道をおもてに出て、商店街の道を北へまっすぐ」

「踏切がありますね」

「途中に」

ふたりは商店街の道へ出た。たこ焼きの細長い店が道の向かい側にあった。店内のカウンター席はいっぱいで、店の外には行列が出来ていた。ドラグ・ストア。眼鏡の店。オムライスの店。本日の営業を終えつつある生花店。和菓子の店。チェーンの蕎麦の店。回転寿司。歩いている人たちの数は多かった。ひとりで足早に歩いている人はやがて脇道に入り、自分の部屋のある集合住宅へ向かっていく、という話を誰から聞いたのだったか、と

上杉は思った。

　踏切では警報機が鳴っていた。水平に下りている遮断機を上杉は見た。電車が通過していくのを待っている人たちのうしろに、三枝百合江と上杉邦彦は立ちどまった。上下一本ずつの電車が通過していった。警報機は鳴りやみ、遮断機が上がった。踏切を渡った彼らは、そのまま南への道を歩いていった。踏切の警報がふたりの背後でふたたび鳴り始めた。上杉のかたわらを歩いていた百合江は、踏切を振り返った。

「この先の四つ角に信号があるでしょう」

「ありますね。角に郵便ポストが見えます」

「あの角を右へ曲がるのよ。曲がって、少しだけいくの」

　そのとおりにふたりは歩いた。商店街の道から郵便ポストの角を脇道へ入った。ほどなく百合江は立ちどまった。

「この建物」

　と、道に面して建つ五階建ての集合住宅を、彼女は指さした。

「二階のあの部屋。いまは明かりが消えてるわね。私が部屋に入ったら、明かりを灯けます。見ていく？」

「見ます」

「窓を開いて、手を振るわ」
そう言って百合江は建物のなかに入っていった。建物のいちばん奥に階段があった。暗いままだった二階の部屋の窓が、明るくなった。窓が開いた。笑顔の百合江が手を振っていた。上杉は右手を軽く上げた。窓は閉じ、カーテンが引かれた。上杉はおもての道に向けて歩いた。

上杉邦彦と上原真由美は高校の二年生と三年生の二年間、同級で過ごした。どの先生も名簿を持っていた。どの名簿でも上杉のあとが上原だった。ふたりをひとまとめにして、杉原と呼ぶ同級生もいた。

十月最後の土曜日の午後、上原真由美の地元にある喫茶店で、ふたりは差し向かいにすわっていた。座席のベンチシートのヴィニールの手触り、そして深い赤という色は、久しぶりなのではないか、と上杉は感じた。店そのものに匂いがあり、そこに珈琲の香りが重なりつつ、もうひとつ、匂いがあった。真由美に案内されて店に入り、この席についたときから、上杉は気になっていた。

中年以上の男性が整髪に使うチックの匂いだ、と上杉は結論した。カウンターのなかに店主がいた。初老の彼は白い長袖のシャツに格子のヴェストを着て、黒いボウタイを締めていた。なかば白髪の髪を、彼は頭の両側でチックで押さえている、と上杉は観察した。そのことを彼は真由美に語った。

「この匂いのチックならうちにもある。あった、と言うべきか。私は高校を卒業すると同時に、実家を出てひとり暮らしを始めたから。父親はいまでもチックを使ってるはずよ。これとおなじ匂いだ」

と言って真由美は笑った。

ふたりはこうしてたまに会う。会えば話をする。その話は長くなることもある。

「自転車通学は基本的には禁止されてたのよ」

自分たちが高校生だった頃の話の続きで、真由美はそう言った。

「生徒たちの半分以上が自転車通学だったような気がする」

「あなたは？」

「自転車だった。自転車を停めておくためのスペースは、細長くて行き止まりのスペースで、奥から順番に停めていくと、出せないんだよ。あるとき、場所が変わったよね。自転車を一列に停めることの出来る、横に長いスペースで、屋根があったっけ。右側から自転車で埋まっていって、左端では乱雑に二重になってたのを、いまでも覚えてる」

「オートバイは厳しく禁止だったのよ」

「何人かいたね」

「校舎にオートバイのまま入ろうとして、生徒のひとりをはねたのよ。踏み板に乗りそこなって。その日に全校集会というのがあって、事故の報告があったあと、禁止が厳しく言い渡されたの」

「そうだった」

「あなたはまだあの町に部屋を借りてるの？」

と、上原真由美は訊いた。

「ひとり暮らしをしてる。大学生になった七月からだったから、もう七年になる」

「実家は出たのね」

「いまは母親ひとりだよ」

「作家の秘書のようなことをなさってたわね」

「時代小説の作家。秘書ではないんだよ。文献係かな。時代小説を書くにあたっては、文献がさまざまに必要になる。この時代のこの場所の、このような文献、といった指示を受けて、文献を探すんだ」

「お母さんとそんな話はしてるのね」

「半年に一度は帰ってるから。僕を生むまでは図書館の司書をしてたから、文献を探すことにかけては自信があるし、実績も積んで来た。その作家が瀬戸内の話を書くんだって。中心は鞆の浦と母親は言ってた。船で物資を運ぶ要所として、鞆の浦には人や情報が集まり、栄えたそうだ。キリシタンの話も書くと言ってる」

「お母さんはお元気なのね」

「いまは安心してるみたいだ。僕は生まれ育ったあの実家しか知らないから、知らない町に住んでみたかった。だからあの町に部屋を見つけたんだ。大学までの通学時間が三分の一になったよ」

「さっきあなたが言ったとおり、高校を卒業してから七年になるのよ」

「あの町でデビューしようかと思ってる」

と上杉は言った。

「なんのデビューなの？」

と、真由美は訊いた。

「小説」

「そう言ってたわね。書かなきゃ」

「三十歳くらいでデビュー出来ればいい。三十歳は早いかな」

真由美は首を振った。

「けっして早くはないわ。それにしても、書かなきゃ。三十歳までにあと三年しかないのよ。あの町のことを書くといいわね」

「僕もそんな気がしてる」

「あの町でなにか特別に気に入ったものは、あるかしら」

真由美の問いに上杉は、

「踏切」

と答えた。真由美は笑顔になった。

「あるわね。踏切が」

「デビューとは、最初の短編集のことだよ。たまに考えてるよ。喫茶店でひとり、ぼんやりと。短編ごとに主人公が異なる。結果として群像劇だね。どの物語にも、おなじ踏切が出て来るといいかな。時間の背景は一年間。季節が変わっていく様子と物語の進展が重なるといい。暑い日の踏切など、うまく書けるかな」

「背景はいまなのね」

真由美の問いに上杉はうなずいた。

「下高井戸というところは、知ってるかしら」

真由美がふたたび質問した。

「知らない」

「私は高校のときは電車で通学してたのよ。京王線。毎日、下高井戸をとおってたわ。駅のすぐ西に踏切があるのよ。南北にのびる商店街のまんなか。きっと好きになるわ」

「見にいく」

「商店街は南に向けて、ゆるやかな下り坂なの。踏切が出て来る小説は、いいわね。ぜひ書いて。あなたは踏切を書く準備を始めて。私は二十七歳になるのよ」

「おなじく僕も」

「あなたといっしょにあの高校を卒業して、丸の内にある会社の総務部秘書課というところに配属されて、初日から見合いの話が三件、私のところに持ち込まれて、びっくりしたのよ。これについては、いつだったか、あなたに語ったわね。見合いの話が、天から降ってくる、地から涌いてくる、という感じ。泣きそうになったし、会社を辞めようとも思ったわ。見合いの話を断り続けるのが私の仕事の一部のようになって。二十五歳を過ぎると見合いの話は来なくなるよ、と先輩の女性に言われたけれど、そのとおりなのね。ようやく仕事が出来るようになったけれど、いま目の前に立ちふさがるのは、自立の問題。学校へいきなおそうかとも思ってるわ」

「なんの学校だい」

「呑気ねえ。そんな質問」

「なんの学校だい」

と、おなじ言葉を上杉は繰り返した。

「これまで見て来たところでは、税務の仕事がいちばんいいから。父とおなじ仕事。父は事務所を持ってて、これを継いでくれれば、と言ってるわ。そこで働くか、よそへいくか。事務所は継ぐことになると思う。上原税務オフィス。どう？」

「結婚は、しないのか」

「結婚するならその相手はあなただときめてるから。区役所に婚姻届という一枚の書類を提出して、法律的に夫婦になるのはいいのよ。でも、いっしょに暮らすのは、やめましょう。自分ひとりの生活というものが、出来上がりつつあるから。それをそのまま続けたいわね。ふたりでいっしょに住むと、せっかくのひとりが、崩れるような気がする」

駅の北口から商店街の道へ出ると、すぐ右うしろが踏切だ。その踏切を背にして、歩道のない道を北へ歩き、三本目の脇道を右に入る。その角は化粧品店の三階建ての建物だ。奥へ入っていく脇道に面して、その建物の階段がある。その階段を二階へ上がると、歯科医が開業している。三階は住居だ。

その隣りは平屋建ての居酒屋だ。軒先に提灯がつらなっている。引き戸のガラスに、そしてその両隣りにある、引き戸とおなじ大きさのガラス窓に、いろんなポスターが貼ってある。沖縄料理と酒そしてビールの店だ。そば・うどん、と看板に書いてある和風の建物が、その隣りにある。

白いタイルを張った五階建ての建物でも、階段が脇道に面していた。二階への階段には何枚ものポスターが貼ってあり、それによって二階は居酒屋だということがわかった。三階から上は住居だ。その隣りの建物は大きく透明なガラス張りで、ヘアサロンとガラスに書いてある。脇道を歩く人から、店内のほとんどが見渡せた。イタリー料理の店が入っている建物では、細い通路を建物に沿って入っていくと、やがて階段があった。その通路をへだてて、平屋の一軒家があった。敷地は奥に向けて細長い。この敷地を利用して、奥は2DKの住居になっていて、手前の部分がバーだ。十二年前に新築したとき、そのように設計して建てた。道に面したドアのまんなかに、「バー　ミヨ」と手書きした小さな板が取り付けてあった。

そのドアを外に開いて店のなかに入ると、奥の行き止まりの壁に沿ってベンチ・シートがあり、テーブルがふたつ配置してあった。テーブルには椅子がそれぞれふたつあったから、テーブルをはさんで向き合うベンチ・シートも、ふたりずつだった。左側の壁に沿ってふたり用の席が三つあり、それと向き合っているのが、カウンターだった。カウンターの奥にドアがあった。このドアから向こうが2LDKの住居だが、いまはなににも使われていない、無人の空間だ。

「バー　ミヨ」は午後五時から店を開いていた。土曜日と日曜日が定休で、営業時間は十一時までだ。平日の午後八時過ぎのいま、男性のふたり連れの客が帰ったばかりだった。カウンターにひとり残った客は上杉邦彦で、シングル・モルトのスコッチの十二年が、小さなグラスで彼の手もとにあった。カウンターにすわり、なにを飲めばいいですか、と訊いた上杉に、店主の伊東美代子がこのウイスキーを勧めた。

　その伊東美代子が、カウンターのなかで上杉と向き合う位置まで来た。そして、

「もうじき立冬なのよ」

　と言った。

「寒い季節ですね」

　と、上杉が応じた。

「来週あたり」

　と言った美代子は、

「この店にお見えになるのは、二度目でしょう。年かさの、タイをした男のかたと、ご

いっしょだったわね」

「そのとおりです」

と上杉は答えた。そして、

「そんなことを覚えているのですか」

と、なかば訊いてみた。

「カウンターをはさんで向き合うと、思い出すこともあるわね。隣りにすわってらしたかたのご様子とか」

「半年ほど前のことです。五月の初めでした。あの男性は以前はこの町に住んでいたのですが、いまはおなじ下り電車で、もっと先までいきます。このお店を教えてくれたのが、彼でした。駅からこの店に向けて歩きながら、まだあるかな、と心配そうでした」

そう言った上杉を彼女はしばらく見つめた。そして、

「なにか感じたのかしら。半年前に、すでに」

と言った。

「半年ぶりの二度目です」

「半年ねえ」

という短い言葉に彼女は、自分だけの感慨を込めた。

「十年になるのよ」

「このお店ですか」

「いまでも親友だと思ってる女性から、この店を引き受けてほしい、と頼まれて。新築して二年たった頃。ほんのしばらくのつもりが三年になって、その三年目に、買い取ってくれないか、と頼まれたのよ。相場の三分の一の値段で。誰に訊いても、それはいい買い物だよ、ということだったので、買い取ったのよ。そして丸十年。ここからどうしようか、と思ってるわね。思ってると言うよりも、悩んでると言うべきかしら」

　そう言って伊東美代子は上杉を見た。

「まだ悩みなんかないわよね」

　と、彼女は言った。

「ないと言えば、ないですね」

「二十五、六、七くらいかしら」

「二十七です」

「独身ね」

「はい。それに、どこにも勤めていません。フリーランスのライターです」

「近いの？」

「住んでいる場所ですか」

上杉の問いに美代子はうなずいた。

「歩いて帰れます。十二、三分」

「独身のひとり暮らし?」

「そうです。大学一年の七月に世田谷の実家を出て、この町に部屋を見つけました。それ以来です」

「気楽だわ」

と美代子は言った。

「伊東さんは気楽ではないのですか」

「どうしようかと、悩んでるとこなのよ」

「なにを、どうするのですか」

「まずは、この身を。独身の四十一歳」

「伊東さんも気楽です」

「責任はなにもないわね」

「僕もです」

「ご両親は?」

という美代子の問いに上杉は答えた。

「父親はとっくに亡くなりました。母親は仕事に邁進しています」

「ひとりっ子？」

美代子の問いに上杉はうなずいた。

「そうだと思った」

店に客が入って来た。男性ふたりに女性がひとりの三人客だった。奥のベンチシートの片方に女性がすわり、向き合ったテーブルの椅子にふたりの男性がそれぞれすわった。三人は熱心に話をしていた。伊東美代子がその三人に応対し、酒を出した。やがて彼女はカウンターをはさんで上杉の前に戻った。そして、

「今年いっぱいなのよ」

と言った。

上杉はその言葉を受けとめた。受けとめて咀嚼し、そこに美代子の顔つきや姿を加えた。

「このお店が、ですか」

「そう」

「いまはすでに十一月の第一週です。今年いっぱいなら、あとふた月ありませんね」

「ないわね。十二月は二十八日でおしまいなのよ。十年ひと昔だから、私もひと昔前の女

になったのよ」

上杉は関根亜紀子を思い出した。食事には誘った。喜んで来てくれた。今度はこの店で酒だ。彼女をここへ連れて来ればいい。明日、電話をしよう、と上杉は判断した。

「僕とおなじ年齢の、いまはおなじような職業の女性をひとり、連れて来ます」

「ぜひとも」

「来週がいいですね。五日間あるうちの、どれか」

日をきめるためには亜紀子の都合を知る必要があった。

「八時過ぎには来ます」

と上杉は言った。

「ここを珈琲の店にして、自分がやります、と言う女性がいたりしたのよ。奥にひとりで住んで。いろいろ検討してみて、いったん閉めることにしたのよ」

客が入って来た。男女のふたり連れだった。ふたり用のテーブル席で彼らは向き合った。美代子が応対した。それが終わり、美代子がカウンターのなかに戻ってから、上杉は席を降りた。帰るの？　と美代子が表情で言い、上杉はうなずいた。カウンターの端で代金を支払った。

「来週、来ます」

という彼の言葉に美代子は微笑した。上杉は店を出た。商店街の道に向けてひとりで歩いた。

十一月二十二日、金曜日、早朝から雨模様だった。いまにも雨の降りそうな空が、午後になっても続いた。上杉邦彦は下りの電車を降りた。南口へ出る駅舎の前をとおりすぎ、プラットフォームの西にある跨線橋へ歩いた。雨はまだ降っていなかった。階段を上がり、複線を越え、上りのプラットフォームへ下りた。駅の北口改札を出るとそのすぐ東に踏切があった。警報機の音が聞こえていた。上杉は踏切へ歩いた。

カーキー色の軽いコートを彼は着ていた。その下はクオーター・ジップの木綿のセーターに、オックスフォードのシャツだった。化学繊維の黒い長袖の下着に、チーノの下にはタイツを履いていた。そしてトレッキング・ブーツだ。まち幅の薄い、黒いナイロンのブリフケースを、胸にかかえていた。電車の通過を待っている人たちのうしろに、上杉は立ちどまった。腕時計を見た。午後五時を数分だけ過ぎた時刻だった。いまの気温は何度くらいなのか、と彼はふと考えた。十度はないはずだ、それ以下の気温だ、と彼は判断した。

# 黒いニットのタイ

五月一日、金曜日、午後八時過ぎ、靖国通りからひとつだけ北側に入った、神田神保町一丁目にあるそのバーは、すでに混んでいた。早い人なら今日から来週いっぱい続く、休みの初日だ。正方形の広いスペースのまんなかに、上から見下ろしたなら誇張された空豆のかたちをしたカウンターがあった。店名のビーンはそこから来ていた。いくつかずつの窪みと出っぱりですよ、それがひとつにつながって輪になっているだけです、と経営者の米沢光太郎は雑誌のインタヴューに答えていた。客の側から見れば窪みごとに、女性がいた。経営者がそのように指示しているのではなく、いつのまにかそうなった。女性といってもかつてのホステスとはまるで違っていた。接客する女性ではなく話相手であり、時には真剣なやりとりのなかで、相手からさらなる話を引き出し、話をつなげ展開させていく役目を、どの女性たちもきれいにこなしていた。

　カウンター席の外には四隅にふたつずつテーブルがあり、どのテーブルにも客がいた。食べる物はフレンチフライド・ポテトだけであり、ディップは三種類ついてきた。その三種類とは、ケチャップ、マヨネーズ、そしてケチャップとマヨネーズとを半々に混ぜ合わせたものという、冗談に近いものだった。それでも客は喜んで食べ、お代わりをしていた。酒はふんだんにあった。どのテーブルの客も盛んに喋っていた。客は女性と男性がほぼ均衡していた。熱をおびた陽気なお喋りが店ぜんたいにいきわたっていた。

　西野晴彦がひとりでカウンターの席にいた。彼がひとりでいる出っぱりの向こう側は窪みであり、そこに店ではクミちゃんと呼ばれている女性がいた。彼女もこの店に雇われている従業員のひとりだった。名前は吉川久美子といった。西野は彼女の名刺をもらってあった。

「今日は珍しくタイをしてるのね」

　カウンターの向こう側で久美子は西野の胸もとを見ていた。西野は黒いニットのタイをしていた。シャツはごく淡いブルーのボタンダウンだった。

「自分で買ったの？」

　という彼女の質問に、

「そうだよ」

　と西野は答えた。そして言葉を続けた。

「一九六五年に市販された商品の復刻だそうだ。僕が文章を書いている雑誌に広告が掲載されていた。型番はおろか、復刻して発売している会社の電話番号すらなかったけれど、その雑誌の編集部の人に頼んで、手に入れてもらった。三千六百円だった」

「似合うのね」

「気に入ってる。広告を見たとたん、これは買おう、と思った。珍しいことだよ」

ふたりの会話はそこで中断された。店の男性が他の席へ久美子を向かわせたからだ。

「すぐに戻って来るわ」

と久美子は言った。

「まだここにいるでしょう？」

という彼女の問いに、

「さあ、どうだか」

と、彼は答えた。これが彼のユーモアだった。

西野がひとりの時間を過ごしたあと、吉川久美子はもとの位置に戻って来た。黒いニットのタイを彼ははずし、四つに折って手もとに置いていた。彼はそれを手に取り、久美子に向けて差し出した。

「あげるよ」

というひと言に、

「なぜ？」

という質問が返ってきた。

「僕よりもきみのほうが、もっと似合いそうだから」

四つ折りにしたそのニットのタイを、彼女は自分の喉もとに当ててみた。彼女にそのタイが良く合うことは、それだけでもわかった。

「せっかく苦労してお買いになったものなのに」

「もう一本ある。ニットが少し違う。こちらのほうが真面目な感じがする」

手のなかのタイを久美子は見つめた。

「幅はいちばん広いところで五センチだ」

「素晴らしいわね」

黒いニットのタイを久美子はしばらく見ていた。そして、

「私が留守をしているあいだに、これをシャツからはずしたのね」

と言った。

「きみが使えばいい」

「いただくわ」

という彼女の返答に、西野は賛意を覚えた。

「それは、うれしい」

「シャツをなににしようかしら」

「ごく淡い黄色。ボタンダウン。オックスフォード生地の」

「いまのあなたは淡いブルーなのね」

「きみなら黄色だ」

久美子は考えた。そして、

「あれにしよう」

と、結論を独り言のように言った。彼女はそのタイをきれいに四つにたたみなおした。

その指の動きを西野は見ていた。

「大事にしまっておきます」

「この店は何時までなんだい」

「私は十一時まで」

「では十一時過ぎに外で待ってるよ。ここから靖国通りへ出たところに、郵便ポストがある。そのかたわらで待っている」

「あなたは、これから十一時過ぎまで、どこでどのように過ごすの？」

西野は久美子の質問を受けとめた。

「すぐ近くの酒場で、編集者と会う。打ち合わせだそうだ。一杯だけの酒をつきあう」

「そのあとは？」

「十一時まで開いている珈琲の店があるから、そこにいる」

久美子はうなずいた。

「郵便ポストを目印に来てくれ。色は赤だよ」

久美子は笑顔になった。

その久美子は、十一時を七分過ぎて、西野のかたわらにあらわれた。彼女は次のように言った。

「郵便ポストによりかかってるかな、とまず思ったの。あるいは、ポストの上にノートを開き、なにか書いてるかな、とも思ったの。ポストから少しだけ離れて、まっすぐに立ってたわね」

歩き始めたふたりは、信号のある横断歩道を渡った。タクシーを停めようとする西野に、

「どこかへいくの？」

と久美子は訊いた。

「部屋まで送る」

「私の部屋？」

「そうだよ」

「歩いていけるのよ。こっち」

と、交差点の方向を彼女は示した。

ふたりは夜の神保町を歩いた。歩きながらふたりは話をした。

「いまのあのお店に私が勤めてから、一年を越えたのよ。まず一年、あそこでやってみてくれ、一年たったらまた話をしよう、と社長はおっしゃってたの」

「米沢さんという人だよね」

「米沢光太郎さん」

「会ったことがあるよ。人に紹介され、その時はその時だったけれど、次の日に電話があって、ぜひ会いたい、ということだった。だから会ったよ。会社がある建物の隣りの、広い喫茶店の隅のほうで」

「壁画のすぐ前でしょう」

「そうだった」

「米沢さんがおなじ席で人に会ってるのを、何度か見たことがあるわ。ビーンというあのお店に勤める前の私は、近くの小さな出版社にいたの。その頃、知人に米沢さんを紹介されて、初めて会ったのよ。あなたの場合と似てるわね」

「きみはスカウトされたんだっけ」

「次の日に電話があって、熱心な電話なのね。ぜひ会いたいとおっしゃるから、会社のあとの時間にお目にかかったら、ビーンへ連れていかれたのよ。一年間ここで働きなさい、とおっしゃって。自分はこうして正しい意見を述べている、という雰囲気なのね。私はお店の仕事に向いてるのですって。相手から話を引き出す能力があるんですって」

「話とは、アイディアのことだから」

「きっと、そうでしょうね」

ふたりは専大通りに入り、北に向かった。

「私の部屋があるのは、西神田二丁目なのよ。米沢さんはビーンの他に出版社をふたつ経営なさってるのですって」

「そのうちのひとつは、ポルノ文庫だ」

「夜曲ロマン、というシリーズだけど、誰もがポルノ文庫と言ってるわね」

と久美子は言い、言葉を続けた。

「壁画のある喫茶店で米沢さんに会ったあなたは、夜曲ロマンのシリーズへの執筆を提案されたのでしょう」

「そのとおりだよ。書かないか、と熱心に言われた。明確な返事はまだしていない」

「あなたなら書ける、という判断をなさったのね」

「初対面と変わらないのに」

「書いてるものを読んだのよ。人の感じも、米沢さんにとっては、大事なのかな、とも思うわ。人にあたえる印象」

「僕はポルノ文庫の印象なのか」

西野の言葉に久美子は笑った。

「この人なら書けそうだ、と思ったのよ」

「返事をしなくてはいけない」

「電話してアポイントメントを取って」

「そうだね」

「私たち、おなじような運命の線の上にいるわね」

専大通りから右へ脇道に入った。

「この突き当たりの、角にある建物。偶然に見つけたのよ。古い建物の二階にある一室」

しばらく無言でいた久美子は、次のように言った。

「ビーンで働いて一年が経過したので、米沢社長に電話してアポイントメントを取って、会うことになったの」

「いつだい」

「五月七日。午後の一時三十分から」

「あの喫茶店かい」

「いいえ。今度は会社で」

ふたりが歩いてきた道はやがてT字交差した。吉川久美子はその角で立ちどまり、自分の右側にある三階建ての建物を示した。

「この古いビルディングの一階は、なにかの雑誌の編集部なのよ。ご覧のとおり、いまも明かりがついてるでしょう。明かりが消えて暗くなってるところを、見たことがないわね。二階には人の住居として部屋が三つ。いちばん奥に中年の女性がひとりでいて、手前は一度だけ男性を見たわ。まんなかにいるのがこの私。だから二階はアパートね。三階は空室だけど、軽いけどかさばる物の置場として貸している、という話を聞いたわ」

そして彼女は道の向かい側を示した。本日の営業をとっくに終えた定食の店があった。入口は引き戸だった。

「朝、支度を整えた私がこの建物から出て来て斜めに道を渡ると、素敵な定食のお店があるのよ。しかも日替わりの定食」

「今日もあの店で食べたのか」

「食べました」

「お昼は？」

「午後一時までに入らないと」

「夕食は？」

「朝とお昼だけのお店なのよ」

「米沢さんと会うのは、いつだっけ」

「五月七日、木曜日」

と、久美子は言った。

「その日にまた会いましょうか。電話するわ」

という自分のひと言を否定するかのように、

「待ち合わせのお店をきめておきましょう」

と言った。

「三時ならいいか」

「OKよ」

久美子は喫茶店の名を言った。西野も何度か入ったことのある店だった。

「では、そこで」

「五月七日」

「午後三時に」

五月七日、木曜日、午後三時に、西野晴彦は吉川久美子と待ち合わせた神保町の喫茶店に入った。店内に漂っていた珈琲の香りの奥に、壁を背にして、久美子が椅子にすわっていた。その姿を見た西野が最初に気づいたのは、あの黒いニットのタイだった。ごく淡い黄色の、オックスフォード地のボタンダウンのシャツに、黒いニットのタイはよく調和していた。

冷たい印象のある彼女の整った顔立ちは、パンツスーツという服装によって強調されると同時に、どこまでも仕事の出来そうな人として久美子は際立ち、そのぜんたいを引き締めてひとつにまとめていたのが、黒いニットのタイだった。テーブルをはさんで差し向かいに椅子にすわりながら、

「よく似合う」

と、西野は言った。

「これでしょう」

久美子は自分の胸もとを示した。

店の人が注文を取りに来た。久美子の珈琲カップを示して、

「おなじものを」

と西野は言った。

「社長にお目にかかったのよ。米沢光太郎さん。午後一時三十分に、会社の応接室で」

と、久美子は言った。そしてさらに言葉を続けた。

「最初に言及なさったのが、このタイでした。懐かしいなあ、僕も持ってたよ、とおっしゃったの。黒いのと灰色のと、二本ですって。一九六〇年代の復刻だとあなたから聞いてたので、そのとおりに喋ったら、いまは復刻をきみのような人がするのか、と感銘は深かったみたい」

「それはよかった」

「五月十五日がビーンに出る最後の日になったわ。ちょうど金曜日なのよ。そこから二週間お休みで、六月一日から、出版社の仕事をします。夜曲ロマンのシリーズを出してる出版社ではないほうの出版社です。夜曲ロマンでの稼ぎを貸付金のかたちでその出版社に貸しているけれど、その額は少なくなりつつある、ということなの」

「ビーンのような店はもう他にないからね。バーとしてとらえるなら、バーという形態はとっくに終わっている。バーではないんだよ」

「いい体験になったわ」

西野の珈琲がテーブルに運ばれて来た。店の人が立ち去ってから、西野は言った。

「僕も米沢さんに会わないといけない。しかし、会うからには、夜曲ロマンのシリーズを書きます、という返事をしなくてはいけないような気がしている」

「書けばいいのよ」

「なぜ、僕なのだろうか。面識はほとんどないのに」

「見込まれたのよ。米沢さんの独特な判断で。この人なら書ける、という判断ね」

「夜曲ロマンのシリーズについては、いろんな話をしてくれたよ。総点数は三百点を越えてるんだって。ほとんどが現役で、きみは一年に六冊書け、とも言われた。印税は一冊が百万円は越えるから、六冊だと六百万円の年収になるんだよ、と言ってたなあ」

「現実にそういう人がいるのよ」

「そうかな」

と西野は言った。そして珈琲を飲んだ。カップを受け皿に置いた彼は、続けた。

「最初の五冊を刊行したとき、いちばん売れたのは、夜の淫ら寝物語、という題名のオムニバスだったそうだ。それ以来、淫ら、という言葉のつく題名が多くなったそうだ。隣りの若奥さんの淫ら白い太股、とか、義姉の淫ら白い美尻。シリーズのようになってる作品がいくつもある、とも言ってた。シリーズとは型のことだから、型にはまった物語が多いのかな、とも僕は思う」

「そうも言えるわね。型にはまらないものを書けばいいのよ。それがあなたの役目だわ」

「いくらでも書ける」

「だからあなたに依頼したのよ」

「まだ依頼はされていない」

やがて西野は珈琲をすべて飲んだ。空のカップを見ている彼に、久美子が言った。

「書くにあたっては、なにかアイディアがあるの？」

西野は首を振った。

「なんにもない」

「困ったわね」

「考える。考えれば、かならずなにかが、生まれて来るから」

久美子も自分のカップのなかを見た。飲み終えた珈琲を介して、彼女は西野に言った。

「先日、私の住んでる部屋のある建物を、あなたに見せたでしょう。この秋でもう三年になるのよ。入った年の、すっかり冬になったある日、目覚めた私はベッドを出て服を着て、居間とキチンのつながったスペースに入ったの。突き当たりの窓から冬の陽ざしが差し込んでいて、その陽ざしは、私の目には、横殴りのように見えたのよ。私の心のなかの出来事ではなく、実際に私は思わずよろけて、椅子の背につかまったほど。そんな朝日の差し込む部屋に、いまも私はひとりで住んでます」

「夏は、どうなんだ」

と西野が言った。

「去年の夏は、どうだった」

それには答えず顔を上げた久美子は、

「こんな話、小説になるかしら」

と言った。

五月二十日、水曜日は、早朝から曇った日だった。午後三時に米沢光太郎と彼の出版社の応接室で、西野晴彦は会った。夜曲ロマンは書きます、と西野は米沢に伝えた。

いつもの私鉄を降りて北口の商店街を抜けると、道は下り坂になった。その坂を下りきると東西にのびる商店街のなかほどだった。西野は西へ向けて、夜の始まりの時間のなかを歩いた。昔からこの商店街にあった店が、いまふうの店へと模様変えしているのが目立った。

商店街が街道と交差するところにアーチが立っていた。商店街入口、とアーチの掲げる看板に書いてあった。商店街を東から歩いて来た西野にとっては、そこが商店街の出口だった。アーチをくぐって横断歩道で街道を渡ると、住宅の建ちならぶ地域となった。商店街は終わっていた。少しだけ歩くと、右側に店があった。昼間は喫茶店で、午後の七時からはバーになったが、店内にはなんの変化もなかった。

　ガラスのドアを押してなかに入ると、右に寄せて奥までまっすぐに、カウンターがあった。左側にはテーブル席が三つあった。三つの席はおたがいに距離を取っていた。入ってすぐ左側の角、店のまんなかの窪みのようになった部分、そして奥の壁を背にした席。その三つだ。

　テーブル席には三つとも客がいた。カウンターの奥では三十代の男性がふたり、なにごとかを熱心に論じ合っていた。店の若い女性がふたりの前にいた。カウンターのこちらの端に、西野晴彦は席を取った。四十代の女性が西野の前に立った。

「シングル・モルトのスコッチにします。小さなグラスの、底から八ミリほど」

「ほんの少しね」

「そのとおりです」

「珈琲かな、とも思ったの。さっきまであなたの席にいた人は、喫茶店のつもりで、ここへ入って来た人だったから」

「珈琲を出したのですか」

「私が淹れた珈琲」

「ひょっとして、それは、まずいのですか」

彼女は笑った。そして、

「飲んでみる？」

と、言った。そして、

「ここは三回目？」

と訊いた。

「三回目です」

「確かそうだと思ったの」

「初めの二回は、ここを教えてくれた年かさの男性といっしょでした」

「三回目の今日は、おひとりね」

「そうです」

「お近いのかしら」

「自宅ですか」

「そうよ」

「歩いて十二、三分です」

「この道を奥へいくのね。五丁目のほう？」

「二丁目です。五丁目はまっすぐですけど、二丁目へいくには、途中の早い段階で、左へ曲がっておかなくてはなりません」

「独身よね」

「そうです」

「これから自宅へ帰ると、お母様の料理が待ってるの？」

という質問は意外だった。笑うほかなかった。買い置きの食料品を置いておく棚の隅に、たとえばスパムの缶詰はあるかもしれない。何十パーセントだか減塩だという、小さい缶詰だ。これを開けてなかのスパムを三枚に切り、フライパンで焼く。目玉焼きをふたつ加える。スパム・アンド・エッグズだ。ご飯がおかずになる。これを食べたあと、何枚か重ねたレタスを棒のように巻き、端から食べていく。西野晴彦ふうのレタスの食べかただった。

「なにをなさってるの？」

「あちこちの雑誌に文章を書いています」

「ライターさんね」

「そうです」

「うちの常連にも、何人かいるわよ。なにを書いていてらっしゃるの？」

「小説を書きたいのです」

「どんな？」

という質問に西野は応じた。

「レタスの食べかたの小説です。ちなみに僕は西野晴彦といいます」

「私は沼田節子よ。あの店の節子ね」

「あの店とは、この店のことですか」

「それしかないでしょう」

と答えて彼女は笑った。

「すぐ裏が自宅なのよ。私はひとり娘で、両親がいるの。伊豆に移る、という話に両親は乗り気で、実現するといいな、と私は願ってるのよ。ここは前庭のスペースだったの。前庭と言えば体裁はいいけれど。なにもなかったのよ。自動車を置いてた時期もあったけれど、いまは自動車はないから。この建物を建てて喫茶店を営んで、おっ、美人じゃないか、と言われてその気になって、いつのまにか四十五歳になりました、というお話」

「僕のほうの話は、小説です」

「レタスの食べかたの小説だったわね」

「そのとおりです」

「どなたが、どんなふうに、お食べになるの？」

という彼女の言葉に答えようとした西野を、彼女は美しく制した。

「お酒にしましょう。小さなグラスに、底から八ミリほどの、シングル・モルトのスコッチ」

「ほんの少し、ということですね」

小さなグラスの酒はすぐに出て来た。コースターを左手で丁寧にカウンターに置き、その上に右手で、沼田節子は小さなグラスを置いた。

「ブライアン・サコという三十一歳のアメリカ白人男性が主人公になっている小説です」

と西野は言い、

「ええ」

とだけ、節子は答えた。

「彼はトランペットの名手なのです。どんなふうにでも自在に吹けるのですが、仕事として続いているのは軽いモダン・ジャズなので、いまはモダン・ジャズの人です。この男性を東京の興行会社が、日本に呼びます。ブライアン・サコは日本でも人気があるからです。常に拍手を受けるのは、歌う時にチェット・ベイカーそっくりに歌えることです。東京でまだ若いアメリカの男性が暮らすとなると、最低でも三十万円はかかります。部屋はその興行会社の重役のひとりが持っているマンションの部屋を提供しますから、部屋代はただです。このブライアンが日本でどこまで稼げるか」

「面白いわね」

「続けて語ってもいいですか」

「聞いてるのよ」

「トランペットの音に色がある。音が香るときだってある。彼はそんなふうに評価されています。東京ではまず三人のミュージシャンたちを集めます。三人とは、ピアノ、ベース、ドラムスの三人で、ここにブライアンをワン・ホーンで加えます。毎日のようにオーディションがあります。ドラムスがきまりました。イスラエルの女性です。東京のジャズ・クラブに出ずっぱりのときもあれば、タイトなスケジュールで日本全国のツアーに出ることもあります。このようなスケジュールにそのイスラエルの女性が合わせてくれるかどうか、不安なのですが、ドラミングは素晴らしいです。あとはピアノとベースです。ベースがきまりそうな段階です。ブライアン・サコは日本のいろんなバンドにワン・ホーンで参加してトランペットを吹いていますが、ひとりで食事をするときには、ＢＬＴを作って食べるのです」

「ベーコン、レタス、トマトね」

「そうです」

「そこでレタスが出て来るのね」

「その通りです。ＢＬＴの作りかたは、すでにご存じでしょう。パンを二枚トーストして、一枚の片面には有塩のバターを、そしてもう一枚の片面には、マスタードを塗ります。よく炒めたベーコンを、バターをつけたパンの面にならべ、その上に二枚のレタスを敷き、パンからはみ出したレタスは折り畳んで重ねます。ここは大事なところです。そのレタスの上に載るのが、薄くスライスしたトマトですね。そしてそのトマトには、ケチャップとマヨネーズを等量で混ぜ合わせたソースを、たっぷりとかけます。そしてもう一枚のトーストを重ねて、ブライアンのＢＬＴは完成します。あとは食べるだけです」

「おいしいのね」

「レタスの食べかたの一例です。この小説はモダン・ジャズの小説ではないですし、トランペットの名手の話でもありません。レタスの食べかたの小説です」

「そういうの、好きよ」

　と、沼田節子が言った。

「それはよかった」

「なんという題名なの？」

彼女の質問に西野は答えた。

「ＢＬＴサンタモニカ、という題名です。サンバーナディーノにしようか、それとも、サンタバーバラがいいかと迷ったのですけど、サンタモニカにしました。東京へ移る以前のブライアン・サコは、サンタモニカに住んでいた、という設定なので」

「どこに発表したの？」

「これから書くのです。僕がこれから書くのは、こういう小説です、という話をしました」

「お書きなさいよ」

と節子は言い、

「書きます」

と西野は言った。

ただそれだけ

その日、平日の午後三時三十分、三枝美加子は外出した。いまひとりで住んでいる三階建ての集合住宅の、三階から階段を降りて外の道に出ると、そこは商店街だった。地元の商店街は踏切を中心にして南北にのびていた。踏切のすぐ東に駅があった。二輛連結の電車が線路を走った。五月なかばの曇った日だった。

三枝美加子は赤唐辛子を買った。島根県で有機栽培されたものが透明な小袋に入っていた。それをふた袋、買った。店を出て踏切を越えた彼女は、自分の住む集合住宅のある方向へ歩いた。いきつけの喫茶店で珈琲を飲もうか、と思ったとき、いきなり雨になった。降り始めたその瞬間から豪雨だった。雨の粒は大きく、叩きつけるような勢いがあり、叩きつけられてどこに当たっても、雨滴は強く弾かれた。

足早に来る中年の男性を彼女はすぐ前方に見た。伏せた頭の上に片手で黒いナイロンの鞄をかかげていた。靴からその鞄まで、きわめて平凡なものだった。その平凡さがいきなりの雨でひとつにまとまり、雨の非凡さによって際立っている様子を、美加子は見た。

ショルダー・バッグからスマートフォンを取り出す美加子の動きは素早いものだった。

このスマートフォンが持っている写真機としての機能を、彼女は好いていた。道路の左側に寄った彼女は、豪雨に首をすくめ鞄を頭の上にかかげて足早に歩くその男性にスマートフォンを向けると同時に、三度、シャッターのある場所に指先を触れた。男性の右脚がまっすぐにのびているカットがいちばんいいのではないか、と彼女は思った。古書店にさしかかろうとしていたその男性は、古書店の隣りにあるマーケットの入口を背景にしていた。彼は駅へ急いでいるのではないか、とも彼女は思った。

古書店の向かい側に煎餅の店があった。庇が大きく張り出していた。その下に美加子は入り、左斜め向かい側を見た。彼女が住んでいる集合住宅の入口のドアが、そこにあった。この雨のなかをあそこへ走るだけでも、自分は充分に濡れるのではないか、と思いながら、彼女は踏切のほうを見た。踏切をひとりでこちらへと渡っている中年の女性がいた。雨に対して前のめりになった彼女は、全身をすくめながら、青い傘を開こうとしていた。傘はなかばまで開かれ、そのぜんたいが激しい雨を受け止めていた。彼女を撮影したスマートフォンをショルダーバッグへ戻しながら、いまのショットをどのように拡大してトリミングすればいいのか、美加子には閃いていた。そして雨のなかへ走り出て斜めに道路を越え、集合住宅の入口のドアを開いてなかに入った。

階段で三階へ上がり、部屋に入り、濡れている服を脱いだ。下着まで脱いで完全な裸になり、着替えた。カーキー色のニットのパンツは気に入っていた。薄い夏むきの生地で、カッティングは良く出来ていた。夏用の薄い化学繊維の長袖のVネックは、着たときに感じる全体的なゆとりが心地良く、パンツと合わせると夏の部屋着として最高だ、と彼女は思っていた。頭からかぶったそれを、彼女は体になじませた。いろんなものといっしょに洗うから、新品のときのような純白ではなく、なに色とも言いがたくくすんでいた。そしてこのことも、彼女は好んでいた。

化粧台の三面鏡に映る美加子は、三十四歳で独身の、雨に濡れた服を着替える女性だった。着替えた自分の上半身を、彼女はその鏡のなかに見た。鏡に映る自分を見ると、そのたびに不思議な気持ちになった。整った顔立ちは冷たい印象をあたえた。彼女自身、そのことは承知していた。冷たい気持ちなどどこにもないのだが、と思いながら、彼女は鏡のなかの自分に微笑してみた。微笑するとその瞬間、冷たい印象は自分から完全に消えた。

彼女はキチンへいった。電気ポットに水を入れた。スイッチをオンにするとすぐに湯が沸いた。ティー・バッグが入っている小さな紙袋を紙箱から取り出した。エルダーフラワーズのハーブ・ティーだ。エルダーフラワーズはどこにでもあるという。日本語では、にわとこだ。小さな白い花だということだが、三枝美加子は一度も見たことがなかったか、これがにわとこの花だ、と思って見たことは、なかった。

マグに作った一杯の熱いハーブ・ティーを、いつもの作業テーブルまで持っていき、いつもの椅子に彼女はすわった。テーブルは木製の頑丈な長方形で、たいていのことを彼女はこのテーブルでこなしていた。エルダーフラワーズを彼女は飲んだ。窓の外では激しく降る雨が続いていた。その雨と熱いエルダーフラワーズ、そして自分の三者がきれいにまとまって均衡している様子を、彼女は受けとめた。

　やがてエルダーフラワーズを飲み終えた美加子は、ＰＣを立ち上げた。香港の猫についての連絡を、彼女はモニターの画面に見た。「十二匹もうれしいです。がんばってこの八匹になりました。そしてこのようなレイアウトです。ご覧ください」と、雑誌の担当編集者である、中条扶美子は書いていた。「空間には書いていただきたい文章が入ります。空間のいっぽうの端に縦線が一本あり、その空間のもういっぽうの端にも、おなじく縦線が一本あります。この二本の縦線にはさまれた空間に文字が入ります。空間ごとに数字がひとつ、添えてあります。これが行数です。文字は十五字詰めですから、行数の数字をすべて合計したものに十五を掛ければぜんたいの文字数になります。私が合計したところによると九十二行ですから、十五字の九十二行でお書きください」という文章のおしまいには次のひと言があった。「楽しい写真と文章の企画をまたいただけますよう、お願いいたします」

中条扶美子という雑誌の編集者は三十歳になったばかりだと言った。その中条を相手に、雑談のひとつとして、三枝美加子は香港の猫について語った。香港で美加子が訪れたどの店にも、飼い猫としての猫がいた。店頭で客とたわむれて好かれたり、あるいは知らん顔をしていたり、寝てしまったり、気ままな様子はさらに人気を高め、どの店でも猫は大事にされていた。そんな猫を美加子は写真に撮った。店主から猫の話を聞いたりもした。この話に興味を持った中条は、自分が編集部の一員である雑誌の企画として、香港の猫の話を成立させた。十二匹すべての写真を美加子は中条に送り、そのなかから八匹までが、雑誌に掲載されることになった。平凡なようでいてじつは巧みなレイアウトを、美加子はモニターの画面に観察した。

固定電話の呼出し音が静かに鳴り始めた。木製のテーブルがカウンターの側面と接するところに、固定電話が置いてあった。呼出し音は低く抑えてあった。美加子は電話に出た。かつてこの部屋に住んでいた、近藤邦彦という四十歳の男性からの電話だった。そのときちょうど部屋を探していた美加子は、彼が出るのと入れ代わりに、この部屋に入った。近藤は不動産業者と親しく、近藤の口利きで部屋代は五千円、安くなった。

「お約束のものを手渡そうと思いまして」

と、近藤は電話の向こうで言っていた。

「発売が二度も延期されて、やっと手に入りました。きれいですよ。似合うと思います。お渡ししようと思って、ここまで来てしまいました」

彼が言っているお約束のものが、モデル・ガンであることを、美加子は思い出した。直径六ミリの球形の玉をガスの力で発射するのはエア・ガンと呼ばれていて、それも集めてはいるけれど、自分がもっとも親近感を抱いているのは、実際の拳銃の構造を再現しただけのモデル・ガンである、とかつて近藤は語った。そのことも美加子は思い出した。

「どちらにいらっしゃるの？」

という美加子の質問に、

「駅です」

と近藤は答えた。そして言葉を続けた。

「懐かしいですよ。いま自分が眺めているありとあらゆる細部が。以前とぜんぜん変わってないですね。かつて自分が住んでいた部屋に、いまは三枝さんが住んでいて、そこへ僕はこうして電話してるのです。しかも、あの駅から」

「持ってらした物は、受け取るわよ」

「お邪魔してもいいですか」

「いらっしゃいよ」

「すごい雨が降ってますけど、傘は持ってます」

「待つ、というほどもなく、すぐ近くよ」

道順はよく知っているはずの彼に、美加子はそう言った。

「ドア・チャイムのボタンを押していいですか」

「どうぞ」

電話を終わるとすぐに、そのドア・チャイムが鳴った。玄関へ歩いた美加子はドアを開いた。近藤がいた。

「いやあ、懐かしかった」

と彼は言った。

「ここまでのわずかな道のりの、なにもかもが。しかも目ざして歩いてるのは、かつての自分の部屋ですよ」

「上がったら？」

「いいんですか」

「かつての住処をご覧になったら」

「おひとりでしょう」

「いっこうに構いません」

「それでは、ほんのちょっとだけ」

そう言って彼はドアのなかに入り、スニーカーを脱いだ。玄関に上がり、奥に向けて廊下を歩く途中で、彼は立ちどまった。

「懐かしいなあ」

と言いながら、彼は天井を仰いだ。

「おなじ部屋なんだけど、まるで違う。そこが面白い」

作業テーブルのかたわらに立った近藤に、美加子は椅子をすすめた。すわった近藤はショルダー・バッグから透明なヴィニールの袋に入ったものを、取り出した。美加子に向けて差し出し、

「お約束の物です。やっと手に入りました」

近藤が袋から取り出したオートマティック・ピストルを、彼女は受け取った。

「モデル・ガンと言っていい出来ばえのエア・ガンです。直径六ミリの球は射てますけれど、いまはマガジンからガスは完全に抜いてあります。スライドは後退します。スライド・ストッパーがかかります。ストッパーをはずすとスライドはもとの位置に戻ります。と同時にコッキングされますから、引き金は引けます。ハンマーは落ちます。しかし、なにごとも起きません。銃口は絶対にのぞきこまないでください。L・A・ヴィッカーズと

いう人が、自分の豊富な戦闘体験をもとに、１９１１を土台にして作ったカスタムです。持ってみてください」

と言われて、美加子は椅子を立った。エア・ガンのグリップを右手で持ち、なんとなく構えてみた。

「よく似合ってます」

と近藤は言い、満足していた。

「素晴らしいわね」

「そのひと言がなによりです」

「こんなものを、いただいていいの？」

「差し上げます。遅くなりましたが、お約束の品です」

「重いのね」

「その重さを利用すればいいのです」

と言った近藤は、

「紙類はありますか」

と訊いた。

「嫌になるほど」

「紙類のある生活は文化的な生活なのです。いろんな紙類をひとつにまとめて、その上にこれを横たえておくと、まさに文鎮として機能します。しかも文鎮としては、独特なかたち故の風情があります」

「では、さっそく」

エア・ガンをデスクに横たえた美加子は、資料やコピーなど、あちこちに数枚ずつある紙を、ひとつにまとめた。サイズはＡ４で揃っていた。固定電話の脇にスペースが空いていた。集めた紙類をそこに置き、美加子はエア・ガンをその上に横たえた。

「これで完成です」

「素敵ね」

「品数の揃っている文房具店というものは、もうないですよ。文鎮なんて、探してもありません。この景色は、いいですよ」

美加子は椅子にすわりなおした。

「一軒家はいかがですか」

と、彼女は訊いた。

この部屋を出た近藤は、板橋に見つけた一軒家へ移った。

「場所は素晴らしいです。いろんな店のある、賑やかな商店街のすぐ近くです。それにしても、修繕の費用がかかりました」

「木造の平屋建てだったわね」

「築四十年ほどですから、たとえば窓はすべて、薄い板ガラスが一枚入っただけの、ごく簡単なものです。ロックなんて、ないも同然です。防犯上の理由から、これをすべて新しいものに交換しましたが、交換するにあたっては、窓そのものに手を加える必要がありました。玄関のドアにも新しいロックをつけて。こういう話をすると、きりがないですね。話題を変えましょう。ギターは弾いてますか」

と近藤は言った。

歩くのに邪魔にならない片隅の壁に寄せて、ギターが立てかけてあるのを、近藤は見ていた。フェンダーのモデルのひとつで、アクースタソニックというテレキャスターのサンバーストだった。

「弾いてるわよ。あれはアクースティックでもいいし、アンプを通してもいいの。ほかにもいろいろ出来て、楽しいのよ。軽いのには、びっくり」

「もうひとり女性と組んで、ふたりで流しをやってらした時期があるでしょう」

という近藤の言葉に、美加子は軽く驚いた。

「そんなことをご存じなの？」

「居酒屋で流しをおやりになったときには、僕は客のひとりでしたから」

「流しをしてたのは、私が二十七歳から二十八歳にかけての頃よ。ギターはヤイリで。いまも持ってるのよ。いい体験になったわ。アッコちゃんという女性が、夜の街で流しをやりたい、と所属事務所に言ったのよ。事務所の人たちは面白がり、ミカちゃんと組んだらどうか、というアイディアが出てそのとおりになり、女性ふたりの流しの誕生。ミカちゃんというのは、この私のこと。アッコとミカ。若い女性の流し。人気があったのよ。流しの人はもうひとりもいない繁華街に、事務所が喫茶店を持っていて、夜になると私たちはその喫茶店で待機してるの。事務所から連絡があったら、その店へ出向くの。アッコちゃんもギターはヤイリだったわね。一年ちょっと続いたのだったかな」

「一度だけでしたが、僕は客のひとりとして、店にいたのです」

「どのお店？」

と、美加子は訊いた。

「店よりも歌で覚えてるでしょう」

「なにの歌だったかしら」

「俺はお前に弱いんだ」

と、近藤は歌の題名を言った。

「Aマイナーの曲だったわね」

と美加子は言い、

「つれないそぶり、したけれど」

と、最初の二小節を鼻唄のように歌った。

「その歌です」

「思い出したわ。おっしゃるとおり、歌で覚えてるのね。お店の客たちで合唱になった歌でしょう」

「そのとおりです」

「カウンターがL字にあり、どの席にも男性の客がいて、その男性たちの合唱になったのね。カウンターのこちらの端に私がいて、向こうの端にアツコちゃんがいたわ。合唱になったら、ふたりの女性たちはギターでハーモニーをつけるだけにしといて、歌詞のいちばん最後にある、ただそれだけ、という部分を、ふたりは歌ったのよ」

「そのとおりです」

「あの店が、どこにあったのか、なんという店だったのか、まるで覚えてないけれど」

そう言った美加子は、

「ただ、それだけ」

と、今度はまともに、歌った。

「それです。そのとおりです」

「十一月になってすぐに、浅草でおこなわれる歌謡ショーに、アッコちゃんと私はふたりで出るのよ」

「僕はかならずいきます」

「なにを歌うのか、まだなにもきまってないのよ。いまの歌も、いいわね。語りになる部分があるでしょう。またここまで来てしまったね、とか。遅くならないうちに今日はこのまま帰ろうね、とか」

「よく覚えてますね」

「しょうがないこだな、甘えてばかりいて、という部分もあるわ」

ふたりは笑い、美加子は次のように言った。

「アッコちゃんは、こういう語りが、うまいのよ。普通に言ってるだけなのに、お客さんはなぜだか笑うのよね」

「色っぽいかたですね」

「ただそこにいるだけなのに、たいへんな色気があって」

近藤は椅子を立ち、ショルダー・バッグを肩にかけた。

「こういう話をしてると、きりがありません。とんだ長居になります」

そう言いながら彼は玄関のドアへ歩いた。そしてすわってスニーカーを履いた。

「素敵な文鎮を、有り難う」

と美加子は言い、近藤は立ち上がった。

「この部屋に関して、あらたな住人の三枝さんには、なにも問題はないですか」

と近藤は真面目に言った。

「なにもないのよ」

「あったら遠慮なく言ってください。どんなことでも」

と近藤は言い、深く礼をした。

作業テーブルに戻った美加子は椅子にすわり、右手をのばし、ヴィッカーズのカスタムを手に取った。グリップを握ってみた。しばらく手のなかのそれを観察したのち、紙類の上に戻した。文鎮としての機能を果たしている様子に満足した。椅子を立ってキチンへいった。電気ケトルに湯を沸かし、エルダーフラワーズのハーブ・ティーを、さきほどとおなじマグに淹れ、作業テーブルへ持っていった。

椅子にすわった美加子は、小説雑誌の編集者である、佐原和枝に依頼されている短編小説について、考えた。佐原と美加子とはおなじ年齢であり、話が合った。ひとりの男性主人公が支える短編小説であり、女性とはいっしょに住まないほうがいい、という彼の独特な信念から物語は生まれてくる、という提案を美加子はおこない、佐原和枝はその提案を熱心に支持した。

一冊のノートブックを彼女は開いた。Ａ５のページの右側にだけ万年筆で書いた、自分のメモを彼女は読んだ。女性とはいっしょに住まない、という信念の四十代の独身男性が主人公だ。エピソードはふたつある。ふたつとも、女性とはいっしょに住まない、という信念と関係しているが、このふたつのエピソードのあいだにつながりはなかった。

佐原和枝と交わした会話を、思い起こすままに、彼女はノートブックに万年筆で書いていった。右のページにだけ一行おきに書いていくから、ページは頻繁にめくることとなった。

「ふたつのエピソードは、無理してつなげなくともいいのですね」

という和枝の言葉から、美加子は書き始めた。

「エピソードがふたつだということは、そのなかで彼は進歩していく、ということでもあるから」

「エピソードをふたつ重ねることに、意味が生まれますね」

「彼は四十代のなかばで、独身です」

「自由に動けますね」

「自由に動けるから、というだけの理由で、独身」

「主義主張ゆえの独身ではなくて」

「そのおなじひとりの男性が体験する、ふたつのエピソードは、どんなエピソードだと思う？」

「いっしょには住まない、という信念の人ですよね」

「まず最初のエピソードでの彼は四十五歳にしましょうか。その彼が女性と同居する、という体験は面白いと思うのよ」

「同居ですか」

「そうね」

「同棲ではなく」

「絶対に同棲ではなく。自分が負担する部屋代が半分になる、という意味だけの同居」

「いいですね。ふさわしい女性にしましょう。妙に固まっていたり、意固地だったりとか、そういう女性ではなく、すんなりとした、まっすぐな人。容姿も、おなじく」

「魅力的な人なのよ。ただし、彼としては、彼女は同居人以外のなにものでもないの」

「そのことぜんたいを、すんなりと、彼女は受け入れるのですね」

「ふたりの同居は、一年続くといいわね。秋の初めから、次の年の夏の終わりまで」

「季節感がうまく重なるといいですね」

「いっさいなにごともなく、一年間。部屋代は一年間、おたがいに遅れたりすることなく、完全に折半され続けて」

「ひとつの理想ですね」

一年続いたふたりの同居は、彼女のほうに生まれた新たな事情によって、解消されることになる。その事情を彼女が受け入れたからだ。佐原和枝との会話のなかでいかに自分がそれを作ったか、美加子は思い出していた。

「どんな事情なのですか」

「彼女の実家がじつは世田谷にあるのよ。弟がひとりいて、その弟が何年も実家にいたのだけれど、外国へいくことになったの。おそらくもう帰ってはこない、という外国行きなのよ。弟がいなくなると、両親は寂しくなり、帰っておいで、と娘の彼女に呼びかけたのが、彼女と同居してからちょうど一年目のこと」

「彼女はそれに応じたのですね。折半されていた部屋代は、いきなり無料になるのですね」

という佐原の反応は面白い、と美加子は思った。

「ふたりの同居生活は一年間。引っ越しは夏の終わり。引っ越しの日に彼は部屋にいるのよ。引っ越しじたいは彼女が仕切ってたから、彼はそこにいるだけ、そして見てるだけの人ね。彼は見るのよ。同居していた彼女の荷物が、運び出されるにつれて、少なくなっていくのね。彼女の荷物が、ひとつ、またひとつと、部屋から消えていくのを、彼は見てるのよ」

「いいですね。ぜひそこは丁寧に書いてください」

「すべて運び出されて、彼女が彼に挨拶します。夕食でも、と彼は誘う。実家のほうをかたづけなくてはいけないので、来週にでも、と彼女は答えます。あのおでんの店で、と彼は言う。ふたりは日をきめる。予約しておくよ、と彼に言わせましょうか」

「言わせてください」

「ぜんたいをどんなふうに書けばいいかしら」

「時間順に事実のみを、淡々と。と同時に、彼が思うことも、必要なところでは、入れておかないと」

「彼の思いをね」

「ふたりが住む町は、どこかを現実に想定されていますか」

「下北沢」

「おでんの店がありますね」

「彼は部屋を見て来たところなのよ。十番街という商店街を西へ歩いて、なかばを過ぎた頃、右へ入るの。道は登り坂。その坂を上がりきって、少しいったところ」

「場所はいいですね」

「夏が終わっていく日の夕方。お盆明けかしら。部屋を見て来た彼は、商店街で彼女と偶然に会う」

「ふたりは知り合いですね」

「かなり親しい知り合い。なぜ親しいのかは、なにか考えないといけないわね。ふたりは立ち話をします。引っ越しを考えているので部屋を見てきた、というようなことを、彼は言います。広いけれど部屋代もかさむ、などとも彼に言わせておくと、いいかもしれない。なにか食べようか、と彼は彼女に言う。夕食の時間ね、と彼女は答える。まだ早いか。そんなことないのよ。といった短いやりとりのなかに、彼女の魅力を出さなくてはいけない。彼女は、魅力的な人なのよ。おでんは、と彼は言ってみる。彼女は賛成する。おでんの店はすぐ近くにある。ふたりはその店に入る。さまざまなおでんの種が煮えている大きな鍋の前のカウンターに、ふたりは席を取ることが出来たとして」

「なにを食べるかですね」

「大根」

「そうです」

「馬鈴薯」

「必須ですね」

「それから」

「蒟蒻ですか」

「油揚げも」

佐原和枝との会話を、三枝美加子はかなり正確に思い起こすことが出来た。順番どおりに頭に浮かぶやりとりを、彼女はノートブックのページに書いていった。

「夏は終わった、と彼はかたわらの彼女に言う。夏はどうだった、と彼は訊く。馬鈴薯をくずしながら。あるいは、厚い油揚げを箸で開きながら」

「ふたりの会話は、おでん、というものの総体と釣り合わないと」

「そうなのよ。こういう会話は大事ね。夏はどうだった？　と訊かれて、彼女は、暑かったですね、と応じる。このあたりの呼吸を、大切にしないと」

「あとあと、響いてきますよ」

「引っ越しをしなくてはいけない、と彼は言う。おひとり？　と彼女が訊く。そうだと彼が言うと、私も、と彼女は答える。彼は部屋を見て来た。さっきも言ったっけ。ぜひとも住んでいただきたい、と不動産店の人に言われた。やや広い。この町はいいですよね、と彼女が言う。私も部屋を探さなくては、と彼女が言う。見て来た部屋について彼は語る。そこにお住みになったら、こちらのお店はいきつけになるわね、と彼女は言う。部屋の場所はたいへんいい、と彼は言う。同居しないか、とここで彼がふと言ってみるのは、どうかしら」

「会話はそこへ向かいながらも、言葉としては突然に」

「そのとおりなのよ。難しいわね。同居しないか、という彼の言葉に重ねて、僕は邪魔にならない、部屋代は折半になる、いまの部屋代にくらべると僕の場合だと二万円は安くなる、といったことを、彼が喋るといいかな、と思うのよ。それから、彼女も同居へと気持ちは傾いていることも、そうとは書かずに、しかし、はっきりさせておかないといけないかな、という問題もあるのよ」

「そのとおりです。でも、やりすぎないように」

　という佐原のひと言は大事にしなくてはいけない、とそのとき思ったのを、美加子はいま思い出していた。やりすぎないように、と佐原は言った。その言葉をそのまま、美加子はノートブックに書いた。

「いっしょにおでんを食べ、同居しないか、という彼からの提言があり、その日はそこで終わるといいかな。彼女もその部屋を見てみたいと願っていて、そのことは彼に伝えるから、その日はそこまでにしておくと、あとがやりやすいのよ」

　現実に書きやすくなるかどうか、確かな根拠はなにもないままに、そのときの美加子はそう言った。そのとおりを、彼女はノートブックのページに書いた。書きおえて万年筆を置き、冷め始めたハーブ・ティーを飲んだ。

　後日、彼女はひとりで部屋を見にいく。そのあとの時間に、彼と待ち合わせをしている。下北沢の喫茶店で待ち合わせだ。その喫茶店へ彼女はいく。彼はすでに来ている。窓辺の席に差し向かいにすわった彼女に、

「僕たちは同居人どうしかい」

　と彼が訊く。

「そうなります」

　と彼女は答える。

「簡潔さがいいですね」

　と佐原は言っていた。

簡潔に、と美加子は、佐原の台詞の下に書き添えた。

彼がその部屋へ先に引っ越しをする。一週間後に彼女の引っ越しだ。自分だけがいた部屋に、彼女の荷物が運びこまれる。ひとつ運び込まれるたびに、部屋のなかに荷物は増えていく。しかしそれは自分のものではない。この様子についても、慎重に書かなくてはいけない、と美加子は思った。最後の荷物は彼女だ。この女性を自分はけっして嫌ってはいない。嫌っていたなら、そもそも同居など持ちかけないはずだ、と彼は思う。部屋代を折半することだけを目的に、同居する。それだけだ。けっして同棲ではないし、そうなることは厳しく避けなくてはいけない。いっしょに住んでいる、というかたちから、人々は同棲を連想するはずだが、同棲ではない。だから彼は、最終的にはいい気分だった。

ふたりの同居は一年続くのだから、その一年について、なんらかのかたちで、書いておく必要がある、と美加子はいま思った。一年というふたつの文字の下に、彼女はそれぞれ線を引いた。いちばん大事なのは彼女というひとりの女性が持っている、魅力ではないか、ということに美加子は気づいた。

同居が解消されてからも、ふたりはときどき会っている。ほとんどの場合、ともに夕食をとることになった。彼が誘っていた。彼女からも電話があった。あのおでんの店で、と彼女は言った。だからそうしていた。一年つづいた同居と、それが解消されてからの日々のなかで、彼は彼女の魅力に目覚めていった。同棲ではなかった。夫婦とおなじようなことてもなかった。だからこそ、彼女の魅力はきわ立った。

「というようなのが、第一のエピソードになるのよ」

「素敵です。当事者のひとりであるその女性が、どのような人なのか、ということのお話ですね」

「第二のエピソードでも、それはおなじね。いま発見したわ。物語じたいは、まるで異なったものになるにせよ」

　佐原和枝との会話は続いたが、内容は和枝自身のことになった。鹿児島に実家があり、そこへいっていたことについて、和枝は語った。

「高校のときの友人が作っているドライ・トマトがたいへんいいので、ぜひ食べてみてください」

　と彼女は言い、袋に入ったドライ・トマトを、何袋もくれた。彼女は実家について語り、話題は母親のことになった。美加子は自分の名前について語った。

「私の名前は、最初は父親が考えて、美花子だったのよ。父親はこの名前にしたかったのだけれど、母親が反対したのね。いくらなんでもそれはない、ということで、加津子という自分の名前から加の字をひとつ取って、美加子になったのよ。あなたの名前は？」

「和枝という平凡な名ですから」

「物語はあるでしょう」

「次に実家へいったときに、聞いておきます」

と和枝は答えた。

さて、ふたつ目のエピソードだが、と美加子は思った。万年筆にキャップをして、窓の外を眺めた。横に長い窓で、開閉は出来ない。雨はまだ降っていた。雨の勢いは降り始めた頃とおなじに続いていた。

第二のエピソードは次の年のことだ、と彼女は思った。主人公の彼は、物語の途中で四十六歳になる。彼が独身であることに変わりはない。一年続いた同居を終わり、その部屋に彼はひとりでいる。ひとりの自分、というものを、彼は意識することが多い。これは離婚とどこか似ているだろうか、などと彼は思い、即座にその思いを否定する。

今度の女性も魅力的でなければならない。彼とおなじ年齢である、という設定は好ましいのではないか。彼女も四十六歳で独身だ。結婚の経験はない。それどころではなかったから、という物語を作らなくてはいけない。母親の介護はどうか。三十代をそのことに費やした。そしてそのことを、彼女は後悔していない。四十代の生活をひとりで静かに楽しんでいる。その日々のなかで彼と知り合い、たちまち関係が出来た。いいではないか。どこにも無理はない。無理のなさは、彼女の性格を作る基本的な要素のひとつだ。彼と彼女は仕事をとおして知り合えばいい。万年筆を手に取り、ノートブックのページを新たに開き、美加子は自分が考えることを、そのままに、個条書きのように、書き始めた。

　ふたりが関係を結ぶのは、彼の部屋であり、彼女のところでもあり、きまってはいない。都合のいいほうを、いつも選んでいる。関係が続いても、彼女は結婚を持ち出さない。おくびにも出さない、という言いかたがあるが、彼女の場合はまさにそれだ。彼にとってこれは良きことなのだが、気になると言うなら、たいそう気になることでもある。だから彼女の部屋にいるとき、ふと思いついて彼は言ってみる。

「僕がいつもここにいる生活だとしたら、どんなだろうか」

　彼女は彼をまっすぐに見つめる。

「私たちが結婚したなら、ということかしら」

　と彼女は言う。そして首を振る。

「それは、望んでないわ」

　と彼女は言う。

　彼女は思ったことしか言わない。出来るだけ思ったとおりに喋る人、という言いかたをしたほうがいいか。

　そこで彼はさらに思いつく。ふたりの関係のためだけの部屋を、別に持ったらどうか。

必要があれば、ふたりはその部屋にあらわれる。住んでいる部屋は、彼女の部屋も彼の部屋も、ふたりの関係によって侵害されることはない。考えれば考えるほど、それはいいことに思えた。だから彼はそれを彼女に提案する。

　彼女はその提案に賛成する。彼が期待していたより、はるかに熱心な賛成だ。当然のこととして、部屋探しを始める。彼女がいま住んでいるところから、歩いていけるところがいいのではないか、と彼は提案する。彼女は賛成する。ふたりはおなじ私鉄を利用しているが、駅はいくつか離れている。彼女がいつも使う駅から、歩いていけるところ。そこに部屋を探す。やがてそれは見つかる。彼女はその部屋を見る。気に入る。ふたりだけの部屋だ。彼女は喜ぶ。ふとした提案はこんなふうにも実現するのか、と彼は思う。

　部屋は夏の初めから使うといいのではないか、と美加子はノートブックに書いてみた。夏の初めとは、いつ頃の季節なのか。五月のなかばか。なぜ、その季節がいいのか。春に部屋が見つかるなら、使い始めは五月になるのではないか。もう少し早くてもいい、と美加子は考えた。

　セミ・ダブルのベッドを彼女が新調した。必需品だからな、と彼は胸のなかで言った。このベッドを置いておく部屋には、ほかに椅子がひとつあるだけだった。クロゼットは別にあった。そしてこの部屋で、彼はひとつの発見をした。この部屋へ来ると、この部屋で彼女は着替えをしている、という発見だ。

「生活がないのは、いいわね」

と、彼女は言う。

なぜ、いいのか。生活があれば、しかもそれがふたり分なら、部屋にはいろんな物を、置かなくてはならない。部屋は狭くなる。生活がないと、物は増えていかない。部屋が狭く感じられることはない。

「正月はここで過ごしましょう」

と、暑い盛りに彼女は言う。

夏には暑い日が続く。その部屋で彼女に会うと、なぜか暑さを感じない。このあたりを書くのは難しい、と美加子はノートブックに書いた。ふたりだけの部屋にいるのに、そこでも普通に暑さを感じては、いけないのではないか。

夏が終わり、秋は去る。寒い季節へと、時間は向かっていく。部屋で落ち合うことが多い。鍋料理が頻繁になっていく。なにか料理を作るときには、私がやります、と彼女が言う。鶏鍋やすき焼き。ふたり用の電熱鍋はパーソナル・クッカーという名称だった。この鍋をあいだに置いて食べているあいだはいいのだが、洗って食器台に乾燥させてある様子には、明らかに家庭的な雰囲気が漂う。

彼女はクラムチャウダーを作るのが得意だ、というのは彼にとって発見のひとつだ。

「赤いのも、あるんだよね」

と言うのが彼の精いっぱいであり、それに対して彼女は、

「トマト・ソースを使ったマンハッタン風ね」

と、うれしそうに答える。

食器や調理器具を洗うためのスポンジ。洗剤。フライパン。把手のついた鍋。これらをひとつにまとめるのが、炊飯器だ。これは決定的だな、と彼は思った。しかし、炊飯するためには、米が常に購入してあることが、必須の条件となる。購入したその米を保管しておく米櫃というもののほうが、はるかに決定的であるはずだ、と彼は思いなおす。

彼がその部屋へ持って来たのはＣＤプレーヤーだけだった。さほど大きくない筐体《きょうたい》のなかにスピーカーがふたつあり、これ一台でＣＤを聴くことが出来た。数枚ずつのＣＤは一定の期間のなかで入れ代わった。

「本棚を置きましょう」

と彼女は言う。彼も出費して、彼女の気に入った本棚を購入した。彼女は部屋から何冊もの本を持って来た。本棚はそれでほとんど埋まった。彼が本棚に置くのは、資料にもなる図鑑のようなものだ。

彼女が部屋に置きたがる物は、すべて彼女の延長なのだ、ということに、やがて彼は気づく。部屋に生活を持ち込み、ぜんたいの様子を家庭的なものにするのが、彼女の目的ではない。自分をこの部屋のなかに延長させたいからだ。なにを彼女が持って来ても、それは彼女の一部分なのであり、彼女を中心に営まれる家庭生活、というものの構築ではない。なにが増えても、それは彼女自身だ。そのことを発見して、彼は喜ぶ。

彼女はまったく変わらない。とりつきようのない雰囲気はそのままだ。顔立ちは美人のうちだろう。姿は彼の好みだ。いつ、どこでどのように見ても、彼女の姿はいい。これも彼にとっては満足のいくことだ。結婚の話はまるで出ない。私たちこれからどうなるの、というようなことは、皆無だ。彼女から結婚を求められたなら、彼は承知するつもりだ。しかし、その必要は、起きそうにない。この部屋は共有しているだけであり、いっしょにここで生活しているのではない。この部屋を出れば、彼女も彼も、帰っていくひとりの場所がある。

ふたつ目のエピソードは以上のようだった。いまひとりで考えることの出来るすべてを、三枝美加子はノートブックに書いた。万年筆にキャップをしてノートブックを閉じ、万年筆をその上に横たえた。ノートブックに書いたことは、これから何度か読むだろう。必要なら修正はいくらでもほどこす。そしてあるとき、書き始める。

雨がまだ続いているのを感じながら、美加子はＰＣを立ち上げた。いきなりの豪雨のなかを歩くスーツ姿の中年男性の写真をえらび、それに付属させる短い文章をキーボードで書き、そのどちらをも自分のウェブサイトに今日の日付で掲載するための手順を、そのとおりにたどった。

　今日の掲載はこれで終わった。昨日はなにだったろうかと、美加子は思った。昨日の写真をモニター画面に出してみた。積乱雲の写真だった。昨日の午後、まだ早い時間、路線バスに乗っていた自分を彼女は思い出した。地形として低いところをしばらく走った路線バスは、上り坂の道路を走って高台に出た。その高台の尾根に沿った道路を路線バスは走った。そして彼女は、青い空に白い積乱雲があることに、窓ごしに気づいた。気づくと同時に彼女は窓枠にあるボタンを押していた。次の停留所で降りることを運転手に告げるボタンだ。すぐに停留所だった。降りた美加子はショルダー・バッグからスマートフォンを取り出し、道路の向こう側にならぶ建物の上にある青い空の積乱雲を、写真に撮った。一点だけ撮影したその写真が、昨日の掲載として、ＰＣのモニター画面にあった。

# レモネードとあさりの貝殻

「連載にすることにきめました」

と、編集者の中原美也子が言った。

「短編小説を毎月ひとつです。月刊で一年間ですから、短編は十二編になります。おなじ主人公による連作ではなくて、おたがいに関係のない独立した短編です。分量は、四百字詰めの原稿用紙に換算して、五十枚くらいですね。二十何枚とか三十二、三枚とかではなく、五十枚です。いかがですか」

「それが決定なのね」

と、西条ミレイが言った。

「きめてあります。第一回の原稿の締切りが九月二十日です。いまは八月二十七日ですから、時間は充分でしょう。いかがですか」

中原美也子はおなじ言葉で台詞を締めくくっている、と西条ミレイは思った。

「そうしましょう」

と彼女は言った。

「一年間の連載になるのね。ということは、全部で十二編。その短編を毎月ひとつ」

「そうきめていいですか」

ふたりは西条ミレイの部屋にいた。頑丈な木製の長方形のテーブルに、ふたりは向き合って椅子にすわっていた。食事以外のほとんどすべてのことを、ミレイはこのテーブルでおこなっていた。テーブルの上には書類や資料のコピーなど、紙類が多かった。ＰＣとそのキーボード、プリンターやＦＡＸなどもあったが、テーブルの上のスペースにはまだゆとりがあった。ミレイはこのテーブルを好いていた。

西条ミレイはこの部屋にひとりで住んでいる、独身の作家だ。いま三十四歳だから、三十歳になったばかりだという中原美也子より四歳だけ年上だった。午後のこの時間に美也子は訪ねて来た。

「リモートでもいいのですが、このお部屋を訪ねるのは好きですし、お話はお目にかかった上で、と思いました」

と言った彼女は、黒いパンツに青い長袖のシャツの裾を外に出し、黒いナイロンのブリフケースをかかえていた。明らかに痩身だ。

「お話といっても、以上ですけれど」

と笑う美也子はこの部屋によく似合っている、とミレイは感じた。おなじことを感じるのはこれで何度目だろうか。この部屋の住人が美也子で、自分のほうが来訪者に見えるはずだ、ともミレイは思った。

「ハーブ・ティーを淹れない？」

という言葉を、質問のかたちで、ミレイは美也子に言った。

「飲みたいです」

「エルダーフラワーズ」

「にわとこですよね」

「そうね」

「好きです」

「キチンに電気ケトルがあるから。マグはどれでも適当なのを使って」

椅子を立って美也子はキチンのカウンターのなかに入った。なぜ美也子はこの部屋の住人に思えるのか、と思いながらミレイは美也子を見た。そのことについて考えるきっかけでも手に入れば、とも思いながら美也子の手際の良さを、ミレイは観察した。

そして今日は八月の三十日だ。快晴の日曜日だった。午後、中原美也子が帰っていったあと、ミレイは外に出た。用事はこれといってなかった。彼女の視界のあらゆる部分にいきわたっている陽ざしは鮮明で、それが当たるすべてのものが、くっきりと際立っていた。

しかしその陽光に、強さはすでになかった。夏の終わりを感じさせる陽ざしは、彼女の体に対しては、弱さだった。強さが弱さに変わったぶんだけ、陽ざしはきれいに澄んでいる、と彼女は感じた。

　私鉄の駅に向けて歩いていくあいだ、なにごとかが終わっていくのを、自分のぜんたいとして、彼女は感じた。夏は終わった。その夏とともに、失われたものがあるのではないか。失われて二度と戻らないそれはなになのか。ほかに人のいない階段を降りていくミレイは、失われて二度と戻らないものは、この自分ではないか、と感じた。

　ついさきほどの自分は、もはやどこにもなかった。失われたと呼ぶなら、それは決定的に失われたものだ。この階段を降り始めたときの自分は、ほんの二、三分前なのだが、取り返すことなど誰にも出来ないほどに、完全に失われた。刻々と自分は失われていく。消えていく。おなじ自分がここにいて、階段をさらに降りていくのだが、つい先刻のあの自分は、もうどこにもいない。自分は少しずつ失われていくのではないか。自分が失われていくとは、これまでの日々が終わっていくことだ、と彼女は考えた。階段は終わりとなり、高台の下にある道へ彼女は降りた。階段を一段ずつ降りながら、その一段ごとに自分は失われたはずだ。横断歩道に向けて歩きながら、彼女は階段を振り返った。階段はいつものとおり、そこにあった。

駅の北口から歩いて五、六分のところに、行きつけの珈琲の店があった。店主のいつもの女性がカウンターのなかにいた。本来ならこの店は、彼女が焙煎する珈琲豆を販売する店だ。焙煎された珈琲豆は何種類かケースのなかにならんでいた。ミレイはいつも珈琲豆をここで買っていた。五人でいっぱいになる客席に、男性のひとり客がいるだけだった。ミレイは席についた。前回、水の入ったグラスをミレイの手もとに置きながら、今日もお時間があるのね、とその店主は言った。

そして九月四日は、先日とおなじような快晴の日だった。鮮やかだが強さを失った陽光が、夏の終わりをミレイに感じさせたのも、そっくりだった。そのような陽ざしのなかをほどよく風が吹き、午後二時、ミレイは私鉄の駅に向けて歩いた。商店街は駅の北側と南側にあり、そのどちらにもミレイは用がなかった。用のない商店街をミレイは歩いた。陽ざしのなかにある弱さを、今日の彼女は楽しむことが出来た。陽がかげるまで彼女は歩いた。

さらに九月六日は朝から雨だった。朝食のあとミレイは短編小説について考えた。連載の第一回として書かなくてはいけない短編だ。頭のなかにはほぼ出来上がっているところまでを、メモとして彼女はノートブックに書いた。書き上げて夕方の五時だった。雨は上がっていた。空には雲のない部分が広がりつつあり、そこからは陽が射していた。その陽ざしの美しさを全身で確認するために、ミレイは外出した。

九月八日の午後二時三十分にもミレイは外にいた。雲ひとつない晴れた空、というものの見本のような空が、彼女の頭上にあった。気がつくと吹いているかすかな風が、陽ざしのなかにかろうじて残っている夏の最後の部分を、どこかへと連れ去った。どこへいくの、とミレイは自分に訊いた。自分はここに残るのか。きっとそうだ。

五時十五分になった。まだ昼間が続いていた。晴れた日の午後の延長だ。夕方へと向かいつつある時間のなかにあるその明るさは、時間の推移というものの具現のように思えた。ミレイが全身でそれを感じていると、六時三十分になった。

チェーンの珈琲の店の窓ぎわの席で、エスプレッソの小さなカップを、右手の指先にミレイは持っていた。昼間というものは、もはやどこにもなかった。なくなってそれっきりの時間について、ミレイは思った。そのことについて書けばいい、と彼女は自分に言った。自分がしたことや感じたことなどを、その順番どおりに、書いていけばいい。そのなかに、なにかがある、と彼女は考えた。書いていくと、そこに生まれるものが。

九月の九日と十日は二日続けて雨降りだった。西条ミレイは外出しなかった。短編を書いた。ノートブックにメモとして書いたものすべてを、小説にした。このあとをどんなふうに続ければいいか、さらに考える必要がある、と彼女は判断していた。『馬鈴薯を食べる』という題名の短編小説の、西条ミレイが書いた部分は、以下のようだった。

金属製の書棚の高さは百八十センチで、横幅は八十センチだ。七段の書棚として吉村哲雄は使っていた。壁に沿っておなじ書棚がいくつか並んでいた。金属製のその書棚は子供用で、学習棚、という名前がついていた。いちばん奥にある書棚の前に吉村は立っていた。ほかの棚はすべて本で埋まっていたが、この書棚はどの棚にもノートブックが並んでいた。吉村がこれまでに新品あるいは新品のまま中古になったものとして、各地で買い集めたノートブックだ。僕はコレクターではないんだよ、どのノートブックもこれから使うんだから、と吉村は言っていた。

カイロの文房具店で買った、大小さまざまな大きさのノートブック。どこだったか東南アジアで購入した、中綴じのノートブックは白無地で、日本の文庫本よりもひとまわり大きなサイズだ。これが六冊。京都で五年前に廃業した個人経営の文房具店の、廃業後の在庫を母屋の裏にある物置で点検し、二百冊を購入したノートブック。大きさが吉村の好みのＡ５だった。ごく平凡な横罫のノートブックだが、彼は気に入っていた。Ａ６、Ｂ６、Ｂ５と、大きさの順にならんでいる日本のノートブックは、それぞれ五十冊はあった。これも京都で買った。遅い朝食前のひとときをひとりで楽しんだ吉村は、キチンへ歩いた。冷蔵庫のドアを開き、朝食の材料を取り出した。薄くスライスしてあるベーコンが七枚ずつ入っているポリエチレンの袋をひとつ。イギリス・パンと称する食パンが一枚。粒マスタードの小さなガラス瓶。これだけだ。

ベーコンのスライスを袋から出し、軽く炒めた。一枚の食パンをふたつに切り、両方をトーストした。それぞれの半分に粒マスタードを塗り、ベーコンを三枚ずつはさんで、どちらをもふたつに折った。ベーコンだけのサンドイッチ、と頭のなかで言っているサンドイッチが、こうして出来上がった。皿に置いて食事のための丸いテーブルへいき、椅子にすわった吉村は、そのサンドイッチを食べ始めた。そして思い出した。ポテト・サラダだ。椅子を立った吉村は冷蔵庫へ歩き、ドアを開いて奥にある丸い透明なプラスティックの容器を取り出した。このなかにポテト・サラダが入っていた。かなりの量だ、と吉村は思った。その思いは幸せなものだった。

昨日の洋食の店でテイク・アウトしたものだ。その店の海老フライを彼は好んでいた。昨日も彼は海老フライを食べた。うちの目玉は海老フライとポテト・サラダです、とウェイトレスに言われた彼は、ポテト・サラダも食べてみた。上出来だった。テイク・アウトは断られるかと思ったが、ごく気さくに応じてくれた。保冷剤とともに袋にくるみ、明日の午前中には食べてください、と言われた。

ベーコンのサンドイッチにポテト・サラダを、吉村哲雄は食べた。上等な朝食ではないか、と彼は思った。食べながら彼は窓の外を見た。きれいに晴れた日の午後の始まりが窓の外にあった。食べながら彼は食後の珈琲について思った。グアテマラの豆だ。その珈琲の最初の一杯を飲み終える頃、固定電話の呼出し音が鳴った。コミックス作家の女性、葉月レイナだった。

「寄っていいか」

と、いつもの口調で、レイナは言っていた。

「部屋を出て駅まで歩き、下りの電車に乗って座席にすわった。何も食べてなかったことを思い出したら、次の駅に電車が停まった。吉村哲雄の駅だと思い、その駅で降りて、ホームのベンチから電話してる。なにか食わしてくれないか」

「なにもないよ」

「つれないね」

「レイナのような美人でも腹はへるのか」

「なにか食いたい」

「食ったばかりだよ」

「なにを食ったんだ」

「ベーコンだけのサンドイッチ」

「上等じゃないか」

「それにポテト・サラダ」

「もうないのか」

「みんな食った」

「いまはなにしてるんだ」

「食後の珈琲を飲んでいる。グアテマラの豆の深煎りだ」

「それでもいいよ」

「これならある」

「いくよ」

「こい」

「駅を出て、歩いてすぐだ」

「道順は知ってるか」

「駅の北口の階段を下りて道を渡り、すぐ左の階段を上までいき、左へいく」

と答えたレイナに、吉村が言った。

「すぐに左へ下りる階段があるから、それを下りる。ここを間違えると、近辺を歩きまわることになる」

「いくよ」

「待ってる」

葉月レイナはすぐにあらわれた。馬鈴薯が三つだけあることを、吉村は確認していた。チーノに黒いスニーカー、そしてくすんだオレンジ色の長袖のポロシャツを、レイナは着ていた。黒いナイロンのブリフケースを、胸にかかえるように持っていた。

「今日は外へ出る日なのか」

という吉村の質問に、キチンの奥にある作業テーブルの椅子にすわりながら、

「出よう、と決めた」

と彼女は答え、あたりを見渡した。

「ひとりか」

「いつもひとりだよ」

吉村哲雄は四十三歳になったばかりだ。大学を卒業して就職した出版社に、二十年間、勤続した。ひとつの会社の建物に二十年間、通い続けた自分について思うと、結論は退社しかなかったから退社し、いまは次のことを始める前の休憩のような時間のなかにいる、

と彼は言っていた。独身のひとり暮らしだ。葉月レイナとは、仕事をとおして知り合った。

　右手を拳にしてレイナに見せ、吉村は言った。

「このくらいの大きさの馬鈴薯が三つある」

「それを食う」

「茹でるよ。すぐだ」

「取りかかってくれないか」

「マヨネーズがある。ケチャップも。このふたつを半々に混ぜて、茹でた馬鈴薯につければいい」

「それを食わせてくれ」

「珈琲はそのあとだ。昼はまだ食べてないのか」

　馬鈴薯を洗いながら吉村が訊いた。

「今日は外に出る、ときめてすぐに出た。昼食を食べていなかった」

　銑鉄の釜のなかに、いくつかに切った三個の馬鈴薯は、すぐに茹だった。それを平らな皿に出し、吉村はレイナの前に置いた。

「マヨネーズとケチャップを、いま持ってくる。カイエン・ペパーもある」

「それも、くれないか」

マヨネーズとケチャップをそれぞれ小さな器に用意し、吉村はそのふたつをレイナの前に置いた。カイエン・ペパーは細いガラス瓶のままだった。

「フォークが必要だね。珈琲を飲みながら食べるといい」

「その珈琲を飲ませてくれ」

レイナは馬鈴薯を食べ始め、吉村は珈琲を淹れた。熱い珈琲の満ちたマグをレイナの手もとに置いた吉村は、テーブルをはさんで向かい側の椅子にすわり、自分の珈琲マグを引き寄せた。

「うまい」

馬鈴薯を食べながら、レイナが言った。

「それは、いい」

と言った吉村は、言葉を続けた。

「これは連載の一回分になるね。きみのコミックスの締切りは毎週のことだから。このまま描けばいいんだよ。ひとりの美しい女性が外出し、昼食を食べていないことに気づき、知り合いの男性の部屋で馬鈴薯を食べさせてもらってる。連載の一回分だよ」

「主人公はこの私にしよう」

「裸になるのか」

「かもしれない」

「きみ自身とおぼしき女性が主人公のときには、彼女はすぐに裸になるからな」

「裸でじゃがいもを食う女か」

「無理に裸にならなくてもいいんだ」

「そのとおりだよ」

　レイナはじゃがいもを食べた。マヨネーズとケチャップを入れた器には、どちらもきれいになにもなかった。

「題名を考えよう」

　と吉村は言った。

「この題名か」

「そうだよ。そのまま、ストレートに」

「そのまま？」

「じゃがいもを食べる女」

　と吉村は言い、レイナは笑った。

「どうだ」

「それでいこう」

「じゃがいもは、馬鈴薯と書いたほうがいいかな」

「馬鈴薯のほうがいい」

「では、そうしよう。馬鈴薯を食べる女」

そう言った吉村は、

「今日はひとりで外を歩くのか」

と訊いた。

レイナはうなずいた。

「一日じゅう外を歩くのか」

「電車に乗ってみたり、知らない駅でふと降りてみたり」

「夕食は？」

「どこか外で食べると思う」

「ひとりで？」

と吉村は訊き、レイナは、

「アイディアがひとつ、閃いた」

と言った。

「これも連載のアイディアか」

「そうだよ。今日の日付を入れて、五月十四日、夕食、ひとり、という題名。題名が出来れば、物語の内容は出来たもおなじだ。主人公の女性は、始めから終わりまで、裸にしよう。どこにでもある、ごく普通の洋食の店で彼女は食べているんだけども」

さらに吉村が言った。

「レイナは洋食も食べるかい」

「好きだよ」

「海老フライは」

「二本は食いたい」

「僕が昨日いった店では、三本出てくる。その店を紹介する。いま略地図を描く。ぜひその店へいってくれ。今日は営業している。火曜日が定休だから」

「夕食はその店へいく」

「店そのものも素晴らしい。昭和の最盛期がいまもそのままあるような」

「ディテールが絵になるね」

「その店での自分ひとりだけの夕食をそのまま描けば、連載の一回分になる。さっき閃いた題名をつければ、それでいい」

「それでいい」

とレイナはおなじことを言い、笑った。

「彼女がその店で食べるものを、そのとおりに描く」

「海老フライ」

「それから、ポテト・サラダ」

「絵にするのは難しいよ」

「作りかたを書けばいい。材料をならべて、レシピのように」

「そういう手口があったか」

「いろんな手口があるんだ。漫画雑誌の編集長を僕は五年もやったからね」

そう言った吉村は、

「珈琲のお代わりは？」

と訊いた。

「お代わりをしてもいいの？」

「いいさ」

「お代わりをください」

「お待ちください」

と吉村は言い、珈琲を淹れる手順の、最初の部分を始めた。その作業に重ねて、吉村は次のように言った。

「葉月レイナという名前は本名だよな。レイナという名前はワープロから生まれた、という話を聞いたことがある。どんな話だったか、正確には知らないんだ」

「父がワープロを使ってたんだよ。親指シフトのワープロ。父の父親、つまり私の祖父は、レイテで戦死している。父が使っていたワープロでは、「な」と「て」がおなじキーだった。片仮名でもそれはおなじだったからレイテと打とうとして間違えると、レイナになった。祖父の生まれ変わりみたいな気持ちで、娘の私に父はレイナとつけたんだよ。それだけの話」

「という話を、当人から、たったいま、聞いた」

「よかったね」

二杯目の珈琲が出来た。ふたつのマグを両手にそれぞれ持ち、吉村はテーブルへ歩いてきた。レイナの手もとにマグのひとつを置き、テーブルをはさんで彼女と差し向かいに椅子にすわった。

「連載が二回分、出来たね。馬鈴薯を食べる女性の話と、ひとりで洋食を食べる女性の話と」

「どこか喫茶店に入って、ノートブックにメモを書くよ」

エスプレッソを飲んだ店を出たミレイは、隣りの食料品の店に入った。店内に陳列してある商品を見ていった彼女は、回鍋肉の素、という袋入りのものを見つけた。棚にひとつだけ残っていた。売れたからだ、と彼女は判断した。これの売れ行きはいい、という考えにもとづいて、彼女はそれを店の籠に入れた。豚のバラ肉とキャベツを加えた。ほかになにが必要だろうかと思案していたとき、レモネード、という緑色のガラス瓶を飲料の棚に見た。レモネード、というのは商品の名称であり、五種類の香りと味があるのだった。瓶が緑色のものはライムの香りだった。瓶のかたちをミレイは好んだ。英文字だけによる表示は白に統一されていて、その白さが瓶の色に調和していた。だからミレイはそのレモネードをひと瓶、籠に入れた。

あさりも売っていた。食べたあと、どれかひとつを選び、よく洗って乾燥させる、レモネードの空き瓶とともに置いておくなら、少なくとも今日という日の記念にはなるだろう、と彼女は感じた。あさりも彼女は籠に入れた。このあさりは明日、食べよう。ボンゴレ、という言葉が頭の片隅に浮かんで消えた。

九月十二日の夕方、西条ミレイは部屋に戻った。高台のなかほどにある、集合住宅の二階の部屋だ。間取りのぜんたいがほの暗く、静かだった。しかし、なにがどこにあるかは、すでによく知っていた。自分が三年間住んできた部屋だ。暗いままに作業テーブルへと歩き、椅子にすわった。そして考えた。いま自分が明かりを灯けたなら、この暗さはＬＥＤの光のなかに霧散する。ひとりで暮らしている部屋が、明るさのなかに浮かび上がる。その明かりのなかで自分はなにか作って食べる。なにを作るのか。焼きそば、という言葉を彼女は思った。麺は冷蔵庫のなかにあった。豚のバラ肉が買ってあった。そしてキャベツも。作れば食べるだけだ。そのあとには夜の時間があった。創作のための時間だ。

　自分が書く小説のことを西条ミレイは考えた。三分の一ほどを書いたばかりの、『馬鈴薯を食べる』という短編だ。その短編の続きについて、ミレイは思った。短編の主人公である葉月レイナに、西条ミレイはすぐに自分を重ねた。

　葉月レイナは馬鈴薯を食べたあと、吉村哲雄の部屋を出る。今日は外にいる日だ。外でコミックスのためのストーリーを集める。時間が経過していく。そしてかならず夕方になる。葉月レイナは部屋に戻ってくる。さきほどの自分とほとんどおなじ状況だ、とミレイは思った。

　間取りのぜんたいが暗いままにレイナは作業テーブルへ歩いて椅子にすわり、しばらくそのままそこにいる。やがて彼女はスマートフォンを取り出す。モニターの明かりが周囲を照らす。彼女は電話をかける。はい、吉村です、と吉村哲雄が電話に出る。

「レイナです。じゃがいもを食べさせてくれて、ありがとう。そのお礼の電話です」

「丁寧な言葉を使ってるね」

と、吉村が言った。

「お礼の電話だから」

「いまは自分の部屋かい」

「これからなにか作って、それが夕食になる」

「なにを作るんだ」

という彼の問いには答えず、レイナは次のように言った。

「ベーコンだけのサンドイッチ、というものにも興味がある。題名になるよね。悪くないよ。ノートブックに書いておこう」

「食べてみたければ、いつでもこいよ。前もって電話をくれればいい」

そして吉村は次のように説明した。

「薄くスライスしたベーコンがポリエチレンの袋に七枚入ってる。これをフライパンで軽く炒めて、トーストした食パンにはさむ。トーストした食パンは半分に切ってある。ベーコンを三枚ずつはさんで、まんなかからふたつに折る。粒マスタードをトーストの片側につけるから、正確にはベーコンだけのサンドイッチではない。それに珈琲もあることだし」

「グアテマラの深煎り」

「一日じゅう外にいたのか」

「いいお天気だった」

「ストーリーは集まったのかい」

「たくさん」

「なによりだ」

「昨日はなにを食べたの、というのも題名に使えるね」

「馬鈴薯を食べながら、きみが言った台詞だ。題名だけでよければ、いくつか考えたのがあるよ」

「聞かせて」

「どれも片仮名なんだ。外国の人が言うといい。ドウニモナラナイ。シカタガナイ。ゴメンナサイ。モウコナイデ」

ほの暗いなかでレイナは笑った。

「チョットマッテクダサイ、というのがあったね」

「あった。それも、いい。すべてノートブックに書いてくれ」

「そうする」

「これから夕食を作るのか」

「さっきもおなじことを訊いたね」

「なにを作るんだ」

「オマール海老とズワイ蟹のサラダ」

　というレイナの返答に吉村は黙っていた。

「スモーク・チーズを添えて。それから、白烏賊と帆立貝のスパゲッティ。あなたは？」

「ドライ・トマトのいいのがある。赤唐辛子も」

「ペペロンチーノだ」

「そうなるか」

「ぜひそうしてくれ」

　というレイナの言葉で、電話によるふたりの会話は終わった。

　西条ミレイは小説のなかから現実へと戻った。あの短編の続きとして、いま想像したとおりに、ここまで書こう、とミレイは判断した。ここまで書けば、ぜんたいの半分を越えるのではないか。書くための時間は、夕食のあと、存分にあるはずだった。

# どしゃ降り餃子ライス

二十六歳の山野祐司は、ひとりがけで両肘かけのある、丸くて低い椅子にすわっていた。マチ幅が四センチの黒いナイロンのブリフケースに、仕事に必要なすべてのものが、収まっていた。そのブリフケースはガラス・トップのテーブルに横たえてあった。藤代加奈子が化粧室から出て来るのを彼は見た。彼女は壁のスイッチを右手でオフにした。化粧室は浴室といっしょだった。ツインと呼ばれるホテルの部屋だ。山野は昨日の午後からこの部屋にいた。

　加奈子の姿の良さを山野は見た。これで何度目になるだろうか。良く整った顔立ちや立ち居振る舞いの、滑らかだがどこかに鋭さのある様子などをひとつにまとめ上げているのは、寄らば斬るぞ、と表現したくなる雰囲気ではないか、と山野は考えた。褐色のスーツを彼女は着ていた。堅気の人には見えないのを、山野は好いていた。壁に寄せてソファがあった。加奈子はそのソファへ歩き、まんなかにすわった。山野祐司と斜めに向き合った。

「きれいで姿がいいだけではない」

と山野は言った。そして言葉を続けた。

「人ぜんたいの雰囲気として、前進感のようなものがある。すべては前へと進んでいく感じがする」

「褒め言葉として受け取るけれど、年齢だけは前へ進んでいくのよ。私は二十六歳になったのだから」

「僕はすでに半年前に、二十六歳になっている」

　この部屋を間もなくチェック・アウトする。そのための支度はふたりとも整っていた。

加奈子は脚を組み替えた。そして、

「どうなの？」

　と訊いた。

「なにが？」

「生活」

「生活とは？」

「いまのあなたの、ぜんたい」

「昨日の午後、一階の珈琲ラウンジで、コミックスの原案の原稿を、コミックスの作家に渡して、そのあとこの部屋に入った。きみが来てくれた今日の午後まで、僕は仕事を続けた」

山野祐司と藤代加奈子は高校の同級生だった。三年生のときふたりはおなじクラスにいた。高校を卒業した彼女は商事会社に就職して三年を過ごしたあと、銀座のホステスになった。それから五年が経過していた。

「フリーランスのライターの日々ね」

という加奈子の言葉に、

「そうだよ」

と、山野は答えた。

「それでいいの？」

「いまのところ、なにも不足はない」

「やがてかならず、三十歳になるのよ」

「なるだろうね」

「だろうね、ではなく、もっと切実な問題として。三十歳になっても、私は銀座のホステスなの？」

「そのままでいい。きれいじゃないか」

「三十歳になるのは、ほんとに困った問題なのよ」

「きれいなままに維持は出来るだろう」

「三十歳を過ぎたら作家になってないと恰好がつかない、といつかあなたが言ったでしょう」

「言ったよ。よく覚えてる」

「いまでもおなじ考えかしら」

「おなじだよ」

「私もなにか別のものになってないと恰好がつかないの。三十歳を過ぎた私が、加奈ちゃんに男はいるの、と訊かれたとして、高校の同級生とのつきあいは続いてます、と答えるわね。なにしてる人なの、と重ねて訊かれたら、作家で苦労してます、と答えたいでしょう」

「そうか」

「そうよ」

「あと四年ある」

「遅くとも三十代のなかばには、作家として忙しくなってないと」

「作家になるためには、小説を書かなくてはいけない」

　と山野は言った。

「書いたら」

というのが加奈子の返事だった。

「書く、と言ったでしょう。小説を書きたいと言ったじゃないの」

しばらく無言の時間があった。その時間を終わらせるために、

「書かなくてはいけない」

と山野は言った。

「書けばいいのよ」

「なにを書くのだい」

「このとおりを」

と加奈子は答え、説明を加えた。

「五月の平日、夕方近く、ホテルの部屋をチェック・アウトする支度を終えた、二十代後半の男女が、これからの自分たちについて語り合ってるの。いい場面よ。ちょっとした物語の始まりとして、素晴らしいはずよ」

「このとおりに書けばいいのか」

「どうぞ。このあと、あなたはどうするの？」

「ホテルを出て、きみと別れて、ひとりになる。駅へ向かう。電車に乗る」

「帰るの？」

　という問いに山野は首を振った。

「違う電車だ。中央線。高円寺まで、すぐだ。古書店をめぐる。そのあと、ひとりで夕食だ」

「なにを食べるの？」

「餃子ライス」

　という即答に加奈子は笑った。

「歩く経路も、ひとりの夕食になにを食べるのかも、すでにきまってるのね」

「ほぼきまってる」

「私はこれから銀座に出て、お店が契約してる美容院でお化粧してもらって、髪を作ってもらうと、ちょうど出勤の時間になるのよ」

「餃子は二人前」

　と、山野は言った。

「それにご飯。餃子ライスだから。わかめスープをつける」

「私も餃子は好きよ」

「今度ふたりで食べにいこう。餃子だけの店もある。ほんとに餃子だけなんだ。それ以外にはないんだよ。きみの親指の第一関節ほどの大きさの餃子だ」

「おいしいのね」

「売り切れ御免だそうだ」

「お店は混んでるでしょう」

「小さな店でね。夕方の五時に開店で、カウンターだけ。八人でいっぱいになる。待つ人がすわるベンチが、うしろの壁に寄せてある」

「ふたりでそこへいきましょう」

「土曜日がいい」

「銀座のお店は土曜と日曜が休みだから」

「ご飯も食べたくなったら、どうする？」

そう訊かれて、加奈子は脚を組み替えた。

「梯子すればいいのよ。一時間ほどあとに、餃子ライスの店へいき、餃子は一人前にします」

「餃子ライスの店、という屋号だからね」

「いいわね」

「食べたらバスで帰る」

「バスで？」

「路線バス。高円寺から目黒まで環七を南へ下る。電車だと長い三角形の二辺を移動することになるけれど、バスだと短い底辺をいけばいい」

「その途中であなたは降りるのね」

「宮前橋という停留所がある。そこから自宅まで、歩いて六、七分かな」

「実家だったわね」

「そうだよ」

「あなたはひとりっこで、お母さんがいらっしゃるのね」

「父もいる」

「そのまま書けば短編になるわよ。餃子ライスの話。ぜひ書いて」

「最後が難しい」

「あなたが自宅へ帰ったあと、どうすればいいのか、ということかしら」

と加奈子は言い、次のように続けた。

「あなたがシャワーを浴びたあと、せっかくだからお母さんを登場させましょうよ。お母さんは熱い番茶を淹れてくださって、そうね、いただきものの小さな最中があるけれど食べますか、とあなたは訊かれ、あなたはそれを食べます。くすんだ淡いピンクの、花のかたちをした小さな最中。これをふたつ。大納言の最中」

「大納言って、なんだ」

「小豆ですよ」

「最中を食べているところで終わりかい」

「そのまま書けばいいのよ。書いて」

「考えよう」

「考えるだけでは駄目なのよ。書かなくては」

そう言って加奈子はソファを立ち、山野もひとりがけの丸い椅子から立ち上がった。

ふたりは部屋を出た。山野がチェック・アウトする前にふたりは別れた。フロント・デスクでかたちどおりの手続きを済ませ、山野はホテルの建物を出て駅に向けて歩いた。駅への道には人が多かった。自分もそのなかのひとりだと感じながら、山野は改札をＩＣカードで入り、中央線の電車に乗った。

高円寺はすぐだった。電車を降りて階段を下り、改札のゲートを出て古書店へ歩いた。古書店には一軒だけ寄ることが出来た。本を二冊、買った。夜の始まりのなかを歩いて右折や左折を繰り返し、マーケットのなかへ入った。小さな店がならんでいるなかに、餃子ライスの店、という屋号の店は開店したばかりだった。カウンターに席は三つ空いていた。カウンターの下に荷物を置く棚があった。そこに黒いナイロンのブリフケースを横たえ、

「餃子は二人前、わかめスープを添えて」

と、店主のうしろにいる中年の女性に告げた。彼女がご飯とスープをカウンターに置いてくれたとき、山野は小さな皿に醤油と酢、それに辛油を加え、溶き合わせていた。そのすぐあと、二人前の餃子が届いた。山野は食べ始めた。

山野の右隣りの席がひとつ、空いたままだった。餃子を三個まで食べたとき、その席に三十代なかばの男性がすわった。

「いきなりのひどい雨で、傘をさしているのにこんなに濡れた」

と、男は言った。ふくらんだバックパックをカウンターの下の棚に入れ、ドアの脇の傘立てへ自分の傘を挿しにいった。席へ戻って来たその男性に、

「雨ですか」

と、山野は訊いた。

「いきなり。降り始めたときは、もうどしゃ降り。しばらく降るのかなあ」

そう言って男は振り返った。待っている人たちがすわるベンチに、いまは人はいなかった。

「おかげで、いつもよりは少しだけ、ゆっくり食べることが出来るかな」

と、男は言った。彼は山野とおなじものを注文した。ただし餃子は一人前だった。

やがて山野は食べ終えた。席を立つとき、

「お先に」

と、右隣りの男に言ってみた。何度か続けてうなずいた彼は、うしろのベンチをなかば振り返った。

「いつもなら何人か待ってるでしょう。今日はひとりもいない。それだけひどい雨だということです」

支払いをして山野は店を出た。マーケットの出入口までいってみた。高円寺の駅から遠くない、裏どおりの景色いっぱいに、激しい雨が降っていた。どうしたものか、と思案しながら、山野はその場に立ちつくした。思案は無駄だった。出来ることはなにもなかった。ブリフケースを右手から左手に持ち替え、二、三歩、うしろに下がった。雨滴が跳ねてジーンズが濡れるからだ。いまの自分に出来るのはこのくらいのことだろう、と山野は思った。そして雨の景色を眺めた。雨の降りかたは、ただ見ているだけの人には、爽快ですらあった。

マーケットの反対側へ彼は歩いてみた。餃子ライスの店の前をさらに奥へいき、おそらくここが敷地のまんなかあたりだろうと山野が判断するところで一度だけ折れ曲がり、そこからさらにまっすぐ、通路はのびていた。

反対側の景色もおなじだった。入口から五歩、山野は下がった。落下した雨滴がいくつにも分かれながら、そのうちの半分は山野のジーンズの裾を濡らした。

何年も前に一度だけ舗装された路面だ。壊れずに残っているもっとも新しい部分には、舗装のための材料として、砂が使用された形跡があった。舗装は割れていた。細かく割れた部分では、破片のいくつもがなくなり、舗装のすぐ下にある土が見えていた。その路面が山野の目の前に横たわり、あらゆる部分が勢いのある雨を受けていた。路面の幅は四メートルほどだろうか、と山野は見当をつけた。路面のぜんたいが、降る雨の集まって出来た厚い水膜で、覆われていた。深さは数センチはあり、いま自分が履いているスニーカーは水没するはずだ、とも山野は推測した。雨滴は落下した地点でいくつにも分かれながら、盛大に跳ね返っていた。小さな炸裂のような水の飛沫が、いたるところに上がっていた。山野はそれを見ていた。見ていると快感があった。

路面の幅を右へ斜めに越えたところに、喫茶店のドアがあった。山野はしばらくそのドアを眺めていた。ドアは静かに閉じたままだった。今日は営業していないのか、と彼は思った。ドアの脇に小さなガラス窓があり、その窓のなかに明かりが見えた。この喫茶店に少なくとも二度は入ったことがある、と山野は思った。この雨のなかをあのドアまで走ろうか、と彼は考えた。いま自分が立っているところからあのドアまで、十七歩だろう。

存分に濡れるはずだ、と山野は思いなおした。

ドアまで雨のなかを走るのはいいが、店が満員だったら、どうするのか。傘を持った客はいるだろう。その客が出るためには、ドアを開かなくてはいけない。ドアが開くまで自分はここで待てばいい。傘を持った客はかならずいるはずだ、と山野は重ねて思った。雨は激しく降り続き、路面の景色に変化はなかった。

人がとおらなかった。自分だけだ、と山野は感じた。そしてその自分は、こうして路面を叩く雨を見ていた。喫茶店のドアが内側から開いた。中年の女性がふたり、雨に体をすくめながら、店の外へ出てきた。ひとりの女性が傘を一本だけ持っていた。彼女がその傘を開き、ふたりの女性はその傘に入り、雨のなかを小股で歩いていった。そのうしろ姿を見ながら、山野は走った。ブリフケースを左の脇の下に深くかかえ、喫茶店のドアまで雨のなかを走り、店に入った。

左にカウンターが奥まであり、満席だった。右側にはテーブル席があった。どの席にも客がいた。カウンターから出て来た店の女性が、いちばん奥の席へいき、その席にいたふたりの女性に、腰をかがめてなにか言った。山野に向きなおった店の女性は、

「どうぞこちらへ」

と山野に言った。奥へ歩いていく山野に、

「お相席にしていただきました」

と、重ねて言った。

四人用のテーブルに差し向かいでふたりの中年女性がいた。さきほど雨のなかをひとつの傘で歩いていったふたりの女性たちと、雰囲気が似ていた。四人はひとつの仲間なのだ、と山野は推測した。ひとりの女性が席を立って向かい側へ移り、ふたりの女性たちはベンチ・シートにならんだ。軽く会釈した山野は、空いた席にすわった。ブリフケースを脇に置いた。水の入ったグラスを店の女性が持ってきた。当店のブレンド、という珈琲を山野は彼女に注文した。

その珈琲はすぐに届いた。山野は熱い珈琲を飲んだ。服のあちこちが濡れていた。ブリフケースに山野は片手を置いた。なかにある二冊の本の容積を、彼はその手に感じた。珈琲を半分ほど飲んだところで、山野は餃子ライスを思い出した。胃のなかでこなれつつある餃子とご飯それにわかめスープに、珈琲がなじんでいくのを、彼は感じた。向かい側の席にいたふたりの女性たちが、立ち上がって支払いをした。そしてドアに向けて歩いた。うしろの女性が傘を一本、持っていた。ドアを開いてふたりは外へ出た。駅までだから、と言いながらひとりが傘を開くのを、山野は見た。

「相席にしていいですよ」

と、近くにいた店の女性に、山野は言った。店の女性が礼を述べているところへ、中年の男性のひとり客が、店に入って来た。雨水のしたたる傘を傘立てに挿し、空席を探す彼を店の女性が山野の向かい側へ呼んだ。

「お相席になりますけれど」

と彼女は言い、うなずきながら男は席にすわり、取り出したハンカチで顔を拭った。彼の顔は濡れていた。雨はまだ激しく降っていることが、山野にはわかった。水を持って来た店の女性に男はアイスコーヒーを注文した。山野は二杯目の珈琲を注文した。最初の一杯とおなじ、当店のブレンドだった。

　二杯目の珈琲を飲み始めて、山野は藤代加奈子のことを思った。彼女はいまはもう銀座だろう。雨はほとんど関係ないのではないか。銀座では降らなかった、という可能性だってあることだし、と彼は自分に言った。あなたがすることをそのまま書けば、それは短編になるのだ、と彼女は言った。ほんとだろうか、と山野は思った。体験がないからなんとも言えない、とも彼は思った。短編にしろ、小説を書いたことが自分にはない。加奈子が言うとおり、そのまま書けば小説になるのかどうか、判断はつかなかった。試しに書いてみるといいのではないか。ホテルの部屋をチェック・アウトする直前の時間のなかで、ふたりの男女が自分たちのこれからについて語り合っている場面は、短編の始まりとして素晴らしい、とも加奈子は言った。これが本当かどうかすら、いまの自分には判断出来ないではないか。書いたことがないからだ。小説を書いた、という経験が自分にはまったくない。では、書いてみるか。山野はそう判断した。いい餃子ライス小説になる、とも加奈子は言った。なるかどうかを見極めるためには、書いてみないといけない。まず書いてみて、一編だけとはいえ、書いてみた経験をもとに、書いたもののあらゆる部分が判定出来るではないか。

ホテルの部屋からここまでを、山野はざっと思い起こしてみた。餃子ライスとどしゃ降りの雨を経て、いまここでこうして二杯目の珈琲を自分は飲んでいる。ぜんたいの展開は悪くないのではないか。不足する部分があるなら、書いていく途中ではっきりするだろう。あったことを、そのままに書いてみる。どうだ、やってみないか、と山野は自分に言った。書いてみよう、とその自分は答えた。山野は二杯目の珈琲を飲み終えていた。カウンターの男客がふたり、前後して支払いをすませて店を出ていくのを、山野は見た。男女ふたり連れの客が入って来た。彼らは傘を持っていなかった。外の景色を店のなかから見ることは出来なかった。雨は止んだのではないか、と山野は推測した。

「雨は止んだかな」

と、向かい側にいた相席の男が言った。止んでいると判断したのだろう、彼は急いで支払いをし、傘立てから自分の傘を抜き取り、店を出ていった。開いたドアから山野は外を見た。雨は降っていなかった。

　喫茶店を出た山野祐司は雨上がりの高円寺の裏道を歩いた。夜はすでに始まっていた。路線バスの停留所に向けて彼は歩いた。駅の前を抜け、最初の横断歩道で信号を待ち、道路を越えて右へいくと、バス停留所があった。人が何人かバスを待っていた。その人たちに加わって、山野もバスを待った。ほどなくバスが来た。後部座席に空席があった。山野はそこにすわり、黒いナイロンのブリフケースを両膝の上に横たえた。

　バスが発車して山野は加奈子が言ったことをたどりなおした。餃子ライスの夕食をひとりで食べたあと、あなたは路線バスの停留所へ歩く、と加奈子は言った。加奈子の想像のなかには、あのどしゃ降りのにわか雨が、なかった。餃子ライスを食べたあと、マーケットの反対側へまわってみたことも、ひどい雨に打たれ続けていた路面を観察した自分も、加奈子の想像のなかにはなかった。喫茶店から客が出て来るのを待ち、その店のドアへと雨のなかを走ったことも、相席のことも、なかった。しかし自分は、現実のなかでそれらのことを体験した。自分が体験したとおりを書くのだ、加奈子の想像を書くのではない、と山野はひとりで自分に確認した。

　ぜひ書こう。書き終えたら加奈子のＰＣへ送り、読んでもらおう。最初の読者は藤代加奈子だ。そこまで考えたあと、山野祐司はしばらく窓の外の夜景をぼんやりと眺めていた。次の停留所は宮前橋だった。降りることを運転手に伝える窓枠のボタンを彼は押した。バスはやがて左に寄って減速した。停止するとドアが開いた。山野はバスを降りた。黒いナイロンのブリフケースを左胸にかかえていた。

　雨は降っていなかった。少し前までは降っていた気配があった。歩道のある道を交差点まで歩いた。山野のほかに歩いている人はいなかった。交差点を左に曲がった。そのまま直進し、信号のある横断歩道で信号が変わるのを待ち、道路を渡って梅丘通りを離れた。住宅地のなかに入った。小学校の手前の実家には母親がいた。夕食はすませた、と彼が伝えると、あとで番茶を淹れる、と関西弁の抑揚で言った。山野はシャワーを浴びた。

　チーノにマドラスの半袖を着てキチンへいき、湯を沸かして番茶を淹れた。母親があらわれた。小さな皿に寒天を切ってくれた。皿に添えるスプーンで、ヴァットのような金属製の平らな容器から、器用に切り取った寒天だった。その寒天に山野は和三盆をかけた。熱い番茶を飲みながら彼は考えた。

　小さな花のかたちをした最中をふたつ、と加奈子は言っていなかったか。もらいものだと言って、母親が出してくれるのは、小さな最中だった。番茶は加奈子の言ったとおりだ。スプーンの腹で和三盆を寒天の上に広げた。花の形をした小さな最中は、加奈子の想像のなかにあるものだった。現実にはいま自分の前にあるのは、和三盆をかけた寒天だ。そしてそれは、餃子ライスやどしゃ降りの雨などと、つながっていた。雨には降られなかったか、と母親は言った。ついさっきまで、なんやしらん、えらい勢いで降っとった、とつけ加えた。

ホテルの部屋からここまでを、山野はたどりなおした。餃子ライスまでは、加奈子の言ったとおりに展開した。餃子ライスの途中でひどい雨が降って来たことによって、その後の展開は加奈子の想像とは大きく違っていた。雨が上がり、路線バスの停留所まで歩いたこと、そしてバスに乗ったことなどを思うと、目の前にある寒天は、また少しだけ様子が違っていた。小説を書け、あったままに書けばそれは餃子ライス小説として好ましい出来ばえとなる、と加奈子は言った。

餃子ライスの途中で降り始めた豪雨と、それがきっかけとなった喫茶店でのことが、じつは小説なのではないか。考えながら山野はひとりで番茶を飲んだ。いまこうして食べている寒天、そして熱い番茶は、小説にふさわしい雨とそのあとの出来事の、いちばん最後の部分の仕上げではないか。これはぜひとも書こう。藤代加奈子が言っていたとおり、そのまま書けばいい。書くにあたって必要なもの、それはこの短編小説の題名だ、と山野祐司は考えた。

ミネストローネ

# 1

「あなたしかいないの。だから、ぜひ、これを引き受けて。お願い」

野沢麻里という同年齢の女性が、北川綾子にそう言った。引き受けるのは一台の自動車だった。64年のインパラ、と麻里は言った。64年とは、一九六四年のことか、と綾子は訊いた。そうだ、と麻里は答えた。シヴォレーという自動車会社がかつてアメリカにあった。そこが製造していたモデルにインパラという乗用車があり、それの64年モデルだ、と麻里は言った。

「あなたの実家まで私が持っていくから。都内世田谷に実家のある人は、なかなかいないのよ。私がガレージに入れるから」

野沢麻里は一度だけ綾子の実家に来たことがあった。

「ガレージというのは大事なのよ。屋根とドアのあるガレージ。風雨にさらしたくないの。でも、乗ってもいいよ」

綾子が自動車に興味がないことを、麻里は知っていた。それも条件のひとつなのだろう、と綾子は考えた。

「なまじ興味のある人には、まかせられないの。いろいろと心配だから。あなたが、最適任者」

綾子は引き受けることにした。引き受けるとは、その自動車を買い取ることだった。麻里の言い値で買い取り、代金は現金で支払った。現金を用意してそれを封筒に入れ、麻里がインパラを実家まで持ってきたとき、手渡した。麻里は尾道の実家へ帰るのだという。事情を綾子は訊かなかった。麻里も語らずにいた。麻里が運転してあらわれたインパラは、車体のあらゆる部分が新車のように輝いた黄色だった。

「新車よりもいいよ。エンジンは載せ替えた。電気系統はすべてやり直した。足まわりはいまのものになっている。内装も新しくした」

と麻里は言い、そのインパラをガレージに入れた。運転席を出てドアを閉じるとき、麻里は涙を浮かべていた。

## 2

三十歳になったばかりの北川綾子は神保町にある規模の大きくない出版社に勤めていた。

大学の新卒として入社してからの八年間を彼女は編集部で過ごした。直属の上司はその編集部の編集長で、藤森伸也という四十代の男性だった。その藤森に綾子は相談した。天井から下がる透明なヴィニールの遮蔽ごしに、ふたりは話をした。

「三十歳になったから、というわけでもないのですけれど、ひと区切りかな、という思いもあります」

　と綾子は言い、

「辞めるのか」

　と、藤森は言った。そして

「関係は続けて欲しい」

　とつけ加えた。

「この会社との関係ですか」

「そういうことだ。自分で文章を書いてみたい、とも言ってたね」

「やってみたいことの、最上位にそれはいまもあります。と同時に、ひとりになってみたい、とも思います」

「いいチャンスがある。語るから聞いてくれるか。提案になるかも知れない」

「聞いてます」

「九州の南に作家がふたり住んでいる。おたがいにさほど遠くないところに。偶然だ。そしてふたりとも、うちから本を出している。いまふたりはそれぞれに、主としてうちの原稿を書いているはずなんだ。ふたりとも読者はいる。来年の前半には、どちらも本にしたい。かつては三人いたのだけれど、三人目のその人は雪国の人で、冬になれば雪のあるところへ帰りたいと言い、雪国へ帰っていった。九州の南に住んで、このふたりを自動車で定期的にまわってくれないか。この出版社の人として。彼らが原稿を書いているかどうか。励ましたり、確かめたり。週に一度。あるいは十日に一度。それと対になって、自分ひとりの時間を、きみは手に入れる。適切な報酬は支払う。どうだ」

「いいお話ですね。自動車はあります」

「そうか。とは言うものの、きみに負担はかけたくない」

「いっこうに負担にはなりません」

「もうひとつ、あるんだ。ふたりを自動車でめぐるとき、ふたりの買い物をしてほしい。ふたりそれぞれからリストをもらい、自動車でまわれば、買い整えることは出来る。ふたりの作家をまわるついでに、その買い物を届ければいいんだ」

「出来ます」

「出来そうもない人にはこうして喋らない」

「おふたりからさほど遠くないところに、私は住まなくてはいけませんね」

「それが問題なんだよ。きみがどこに住むのか。どんな家に住むのか」

「探します」

「うちで預かってる家が一軒ある。サーファーが自分ひとりのために建てた家だ。小さいけれど、おそらく住みやすい。うちで波乗りの本を出すことになっていたサーファーなんだけど、本は一時お預けだな。その家から自動車で二十分もいけば、波のある海に出る。いまその家は無人なんだよ。サーファーは種子島出身の女性といい仲になり、島へ帰って家業を継ぐ彼女とふたりで、種子島へいってしまった。もう一年近くになるけれど、ふたりはうまくいってるようだ。彼女が継ぐ家業とは、食堂なんだ。彼はいまや料理人だよ」

「その家に私が住むのですか」

「住んでくれる人がいれば、とは言ってた。ただし、あちこち直さないこと」

「私にそのような趣味はありません。置いてある物はいろいろあると思いますけれど、私は手を触れることすらしないはずです。ただし、キチンだけは、好きなように使わせてください」

「これできまりかな」

「その家のある位置と、おふたりの作家それぞれお住まいの位置を、教えてください」

「ガレージがあるから、自動車はそこに入れる」

「そうします」

「やってくれるか」

「そのサーファーの家は、見る必要がないように思います」

「僕もなんとなくそんな気がしていた。ふたりの作家には連絡しておく。ふたりとも女性だ。ひとりは六十代で、もうひとりは五十代なかばかな」

「ある日、自動車で、私はそこにあらわれます」

「この会社は辞めることになるか。休職でもいいいんだよ」

「いったん退社します」

という綾子の言葉に、藤森はうなずいた。

「書類は整えておく。日付を書いて署名をすれば、それでいい。印鑑は省略だ」

と藤森は言い、ふと思い出したように、つけ加えた。

「東京での生活はすべて引き払うことになるんだね」

3

そのとおりになった。会社は辞めた。退社した。ひとりで住んでいた部屋は引き払った。

編集部のある建物まで歩いて七、八分の距離だった。荷物はいくつもの段ボール箱に詰め、実家へ送った。実家にはかつて綾子が使っていた部屋がそのままに残っていた。布を被せたベッドもあった。出発の日までの数日、綾子はそこに滞在した。

午前中に出発した。父親は外出中で、母親だけが家にいた。

「いくのね」

と母親は言った。

「東京なんかにひとりでいたら、いつなんどき、なにがあるか、わからないわね。東京を脱出するのは、賢い判断よ」

と母親は言った。

「母のところには寄るんでしょう?」

綾子の母親が言う母とは、綾子にとっては祖母のことだった。母方の祖母は兵庫県の明石に住んでいた。

「寄ります」

「連絡はしたの?」

「いきなりあらわれて、びっくりさせようと思ってる」

「そう言っとくわ。私からは連絡するから。盛大に驚いてみせるように、と言っておく」

綾子の荷物は文字どおりスーツケースひとつだった。荷物を少なくするのは、今回の方針でもあった。スーツケースのほかにバッグがふたつあった。これはふたつともふくらんだ。インパラのトランクに荷物を入れ、ガレージから外の道へ出た。桜が満開の季節だった。住宅地のあちこちに桜の樹があった。

苺のコンフィチュールの入ったガラスの瓶が綾子のかたわらにあった。同僚がおみやげにくれた。高さ九センチの、六角形の透明な瓶だ。なかの苺を見ることが出来た。パンにはさんで食べたらいい、と綾子は思った。

綾子はインパラを発進させた。新車よりいい、という麻里の言葉はそのまま綾子の実感だった。麻里には連絡した。九州まで乗っていくことになり、その九州では毎日のように乗る、という綾子の報告に麻里は喜んでいた。

住宅地を抜けていきながら、綾子はミラーを見た。実家の向かい側の家なみがミラーのなかにあった。この景色はまた見ることがあるだろうけれど、いまはしばしの別れだ、と綾子は感じた。バイバイ、となんの無理もなく、頭のなかで言葉になった。

## 4

祖母は浦部弥生という名だった。明石に向けてインパラを走らせながら、祖母の家でなにを食べるかについて、綾子は考えた。腹いっぱいに寿司を食べたい、という結論になったのを、綾子はうれしく思った。二十歳になったばかりの頃、祖母の家で寿司を食べた。それ以来だ。

母が連絡しておいた。黄色い大きな自動車であらわれた綾子に、祖母は充分に驚いた。驚きは喜びでもあった。お腹いっぱいに寿司を食べたいと綾子は言い、祖母は魚を買ってきて自分で寿司を握った。これならいくらでも食べることが出来る、と思いながら、綾子はその寿司を食べた。

次の日の昼過ぎに、見送られて綾子は出発した。葉桜の季節だった。到着したらすぐに連絡します、と綾子は言った。苺のコンフィチュールは、百四十グラムの半分を、相生湾を見ながら、パンにはさんで食べた。パンは祖母に教えてもらった明石の店で買っておいた。相生、赤穂、備前とやり過ごし、岡山市に入ってから国道二号線に上がった。

九州に入って一泊し、次の日の午後、サーファーの建てたいまは無人の家に到着した。おあつらえ向きの小さな家だった。建物とひとつになってガレージがあった。建物のなかからガレージのドアを開き、インパラをなかに入れ、ガレージのドアを閉じ、鍵をかけた。初めて体験する手順だった。ガレージは四角いコンクリートの空間だった。そのまんなかにインパラを停めて、両側にかなりのゆとりがあった。両側に棚があり、サーフボードやスケートボード、コカコーラのガラス瓶のコレクションなど、さまざまな物が置いてあった。空気がかすかに淀んでいるかと綾子は感じたが、それはすぐに消えた。

おそらくここですべてをおこなっていたのだろう、と容易に想像のつく丸いテーブルがキチンにあり、そのテーブルに向き合って椅子にすわり、麻里、祖母、そして母親に、綾子は連絡した。祖母は、次に来るのはいつになるのか、知りたがった。藤森にも連絡しなくてはいけない、と綾子が思っているとき、藤森から電話があった。

「着いたか」

と、藤森は言っていた。

「ガレージのドアの鍵も含めて、合鍵がひと揃い、ここにある。ふたりの作家たちには連絡しておいた。きみに会うのを楽しみにしている、とどちらも言っていた」

「ほぼ定期的に、私から連絡します。この次は一週間後です」

「待っている」

## 5

それからふた月が経過した。あと数日で六月だ。北川綾子は九州南の生活環境に見事に適応した。作家はふたりとも女性だった。五十代なかばだという東山緑は、四十代なかばにしか見えなかった。長袖のフランネル・シャツにチーノ、そして白いスニーカーだった。家のなかはすべて板張りだった。南に面した庭に向かって、寝室、居間、キチンと横にならび、その裏側に浴室や洗濯機を置く場所、そしてトイレットなどがあった。

「なんの不足もないのよ。素晴らしい日々」

と東山緑は言っていた。

「ふた月くらい前から、ほんとにいい季節で、これが八か月は続くのよ。寒くなったとしても、薄いダウン・ジャケット一枚だから、過ごしやすいのね」

リストに従っておこなった買い物をすべて紙の袋に入れた。東山緑と水島小夜子のふたつになった。綾子はまず東山の家にインパラで向かった。十五分も走れば到着した。東山はすぐにお茶を淹れた。番茶だった。綾子は番茶を好んでいた。

「お書きになってますか」

と、綾子は訊いてみた。

「書いてるのよ」

と、緑は答えた。

「短いお話をいくつも。藤森さんと約束したとおりになるわね。物語の断片ではなくて、その中心かしら。核心のような部分ね。短いけれども、どれもみな、それで完結した世界なのよ。言ってることは、わかるでしょう」

「わかります」

「ひとつ、語りましょうか」

「ぜひ、お聞かせください」

「結婚してほかのところに住んでいた三十二、三歳のひとり娘が、離婚して帰ってくるのよ。実家にはお父さんがひとりでいて。離婚した娘が戻ってくることになってるのが今日で、娘は自動車で帰ってくると言います。考えてみれば初めてのことなので、よく見ておこうと思ったお父さんはね、娘が帰ってくるという時間に、門の扉をあけ、階段を下り、ガレージの前で二段目の階段にすわって、待ちます。かつての実家へ娘は戻ってきます。荷物はすでに届いています。いまもある彼女の部屋に置いてあります。三十分以上遅れて、娘の自動車が到着します。ガレージの前へ道からリヴァースで入ってきて、停止し、エンジンを止めます。娘はドアを開いて外へ出てきます。階段にすわってる父親を見ます。なにしてるの、と娘は言います。その娘をお父さんは見ています。というような話。どうかしら」

「いろんなことを考えますね」

「この話は昨日から書き始めて、今日の午前中に書き終えたのよ」

「素敵です」

「もうひとつ語りましょうか。まったく異なる話なのよ。これはまだ書いてはいなくて、メモの段階だけれど」

「聞きたいです」

「あのね」

と、東山緑は言った。

「大学の新卒で入社したその会社に勤続十八年だと、四十歳になるわね。その彼は独身なのよ。交際している女性がひとりいるのね。仕事をとおして知り合った女性。彼女はまだ三十代だとしましょうか。ふたりはとてもいい関係のなかにあるのよ。でも体の関係はまだなくて、そのことが彼には気がかりなのね。体の関係へと持っていかなくてはいけないのではないか、もしそうだとするなら、そこへ持っていくための主導的な役割はこの自分が果たさなくてはならないのか、などと彼は悩んでるのよ。そんな夏のある日。私は浴衣を買った、と彼女は言うのよ。ひと目で気に入ったのですって。仕立ててもらったけれど、外で着るにはまだ気おくれがするから、部屋で見て、と彼女は言うのよ。これで彼は彼女の部屋へいくことが出来ます。さて。彼は彼女の部屋へいきます。浴衣姿の彼女がいます。なかなかいい浴衣なのよ。その浴衣の似合う彼女を愛でているとき、ふと彼は気づくの。

この浴衣の下は裸ではないのか、と。見れば見るほど、浴衣の下は裸なのよ。ということはＯＫなのか、と思いながら彼女を抱き寄せてみると、彼女の反応はいいのね。だから彼らふたりはめでたく体の関係に入り、それはそれで素晴らしい、というお話。いかが？」

　という東山緑の言葉に、

「いいですね」

　と綾子は答えた。

「ほんとにいいかしら」

「読みたいです」

「書く私としては、素晴らしい浴衣を一枚、創作しなくてはいけないのよ。彼女が町の店でひと目見て好きになるような浴衣を。仕立てたのを彼女が着てみて、素敵ではないといけないし、裸の彼女の体の下に広がって敷かれているときにも、そんな彼女と良く似合う浴衣。これらすべてを満足させる浴衣を一点、この私が創作する必要があるのね。色と柄。色はきまったのよ。濃紺しかないでしょう。濃紺と言っても深い紺の、さらに一段だけ濃い紺ね。白い肌によく映えるでしょう」

「そこまで考えるのですか」

「この場合は、ね」

「そのような浴衣が、東山さんの記憶のなかにありますか」

「まずそこが問題ね。なかったとしたら、どうすればいいの？」

「創作へのきっかけを、どこかに見つけなくてはいけません」

「そのとおりなのよ」

と緑は言った。

「ひとつの手口は、伝統的なところへ帰ってみることね」

「昔のものを、現代に持ってくるのですか」

「昔とは、江戸時代でしょう。江戸の模様のなかに、なにかを見つけることが出来れば」

「江戸の模様、というような題名の本を、私が探すことになるのですか」

「見つかると思う？」

「やってみます」

ＰＣでオンラインの検索しか出来ないけれど、と思いながら綾子は答えた。

「心配しなくていいのよ」

と、緑が言った。

「書いたものはディスクに入れてあるし、プリントアウトもしてるから」

と彼女は言い、

「そこに」

と、まっすぐにのばした人さし指で示した。

「Ａ４の紙に印字して積み重ねたのを、拳銃の文鎮が押さえてるでしょう」

印字されたＡ４の紙が何枚もデスクの端にあり、その上には実物そっくりに見える拳銃が載せてあるのを、綾子は見た。

「確かに、印字された紙を押さえているのは、拳銃ですね」

「あなたの前任の男の人が、持って来たのよ。その人に文鎮の話をしたの。熊本の文房具店で文鎮を買おうとしたら、店員が文鎮を知らないのよ。上司に訊いて倉庫から持って来たのは、宝船に乗った七福神なのね。確かに重いし、底は平らで文鎮なのだけれど、私はこれは要りません、と言ったのよ。店員はその文鎮の埃を払いながら、残念そうにしてたわ。この話をあなたの前任の男性にしたら、これを文鎮の代わりにすればいいのです、とふた月ほどあとに、その拳銃を持って来たのよ。妙に雰囲気があるし、重さは文鎮にぴったりなのね。ガスを入れて、その力で白くて丸い球を飛ばすらしいんだけど、私はそういうことをしないので、そこにあるとおり、文鎮なのよ」

「本物の拳銃みたいですね」

「Ｍ10のミリタリー・アンド・ポリースですって。軍と警察。ポリスじゃないのよ。ポリースなの」

と言って緑は笑った。

「持ってみて」

と緑は言ったが、綾子は眺めているだけだった。

「この話もお書きになればいいのに」

と、綾子は言った。

「文鎮の話を？」

「いまうかがったお話のぜんたいです」

「私の日常のなかの、小さな出来事なのよ」

「それが面白いのです」

「いきなりそんな話があると、読む人は面くらうでしょうね」

「日常だけをお書きになった本を作りませんか」

「そのほうがいいわね。お話を書いてると、自分の日常のことも気になるのよ。だから、書いてみたものも、いくつかあるわ。文鎮が押さえている紙のいちばん下に、大きなクリップでとめた紙が、何枚かあるでしょう。それがそうよ」

「気になるたびに、お書きになってください。溜めておきましょう。同時進行だといいですね。前後して二冊の本が出来ます」

緑は笑った。

「では、そうしましょう」

「しかし、この文鎮はいいですね」

「文鎮だからいいようなものの、こんなに重くて大きいものを、どこに持つの？」

緑から預かったリストどおりに買い物をしてきた大きな紙の袋を、綾子はキチンのテーブルへ持っていった。なかに入っている物をひとつずつテーブルに出した。ミネストローネ、と印刷した小さな銀色の袋が六個あった。

「フリーズドライよ。ボウルに入れて、お湯をかければそれでいいの。ひとつあげましょうか」

と、緑は銀色の袋をひとつ、綾子に差し出した。綾子はそれを受け取った。

「ひとつが百三十グラムね」

「朝にお飲みになるのですか」

「朝もいいでしょう」

と緑は言った。

「でも私は、夜中なのよ」

「夜中ですか」

「深夜の十二時を過ぎて起きてると、なんとなくお腹が空いてくるでしょう。そんなときに、これがいいのよ。百六十ミリ・リットルのお湯に解かして、ゆっくり静かに飲んで、あとはすぐに眠るだけ。いい気持ちよ」

「それも日常ですね」

「書きましょうか」

　買い物の代金を緑は現金で支払った。紙袋のなかに店のレシートがあった。買った人が支払った金額がいちばんおしまいに印字してあり、その額を緑は釣銭の必要がないよう、用意した。

「一軒のお店でこれだけの用が足りたのね」

「そうです」

「レシートを勉強するわ」

　東山緑の自宅を辞した綾子は、もうひとりの作家である水島小夜子の自宅へインパラで向かった。十五分も走ると小夜子の自宅だった。彼女も一軒家にひとりで住んでいた。明石に住んでいる綾子の祖母より、小夜子は十歳若い。そこからさらに十歳、彼女は若く見えた。

仕事場に隣接して応接用の丸いテーブルがあり、綾子はそこにとおされた。すっかり色の落ちたジーンズに黄色い長袖のＴシャツを着た小夜子は、その上に丈の長いカーディガンをはおっていた。丸いテーブルをはさんで、綾子は小夜子と向き合った。小夜子の話は日本の秋から冬にかけての気候に終始した。

「長編のストーリーはすでに考えてあるのよ。いま苦労してるのは、そのストーリーの背景に、日本の秋から冬のいちばん寒い日までを、重ねること。日本のいちばん寒い日に、物語はクライマックスを迎えます。そこへいくまでの長編。恋愛小説ね。実際の季節に沿って物語を進行させたいの。物語は立秋から始まることにしました。立秋がいつだか、知ってる？」

　と訊かれた綾子は、

「九月の初めあたりですか」

　と答えた。

「あなたまでそんなことを言うのね」

　というのが小夜子の反応だった。

「陽暦で八月の八日頃。残暑の季節の始まりが、つまりは立秋なのよ。お盆がすでに終わってることは、知ってるでしょう」

「盆は七月の十五、十六、十七の三日くらいですか」

「そうね。重要な登場人物である彼と彼女ふたりの、ごく近い過去として、お盆を使いたいのよ。物語そのものは立秋から始まるけれど」

「物語は東京が舞台ですよね」

　と綾子は言った。そしてつけ加えた。

「東日本でいちばん寒いのは、一月の二十一日頃ではないでしょうか」

「大寒ね。いまあなたは東日本と言ったけれど、西日本でのいちばん寒い日は、一月の終わりから二月の始めへと、ずれます。このずれ幅も、物語のなかで巧みに使いたいのよ。だから大変」

　そう言って小夜子は笑った。

「九月に入ると初秋よ。二百十日というのがあるでしょう。立春から数えて二百十日目のことだから、ちょうど九月の一日頃になるわね」

「その十日後が二百二十日ですね」

　と綾子が言った。

「そんなことを知ってるの。八朔というのがあるわね。これが九月の初旬で、秋分の日が九月二十三日頃。こうなると季節は晩秋なのよ。残暑からここまで早いわね。物語としては、導入部をとっくに終わってなくては。ノートブックを何ページも使って物語のぜんたいをメモのように書き、そこに季節を当てはめてるとこ。その作業が終わったら、書き始めます。次の年の節分に、ふたりの物語は終わるのよ。節分は立春の前日。二月三日頃になるかしら」

椅子を立ってキチンのテーブルへいき、買い物の紙袋を小夜子は開いた。

「おいくら？」

と小夜子は言い、綾子が伝える金額を支払った。袋のなかをのぞき込んだ小夜子は、

「フリーズドライのミネストローネがいくつもあるわね。ひとつあげましょう。飲んでみて。おいしいのよ」

紙袋のなかからミネストローネの小さな袋をひとつ取り出し、かたわらの綾子に差し出した。ぜんたいに赤い色で、ミネストローネ、と片仮名であり、その下には出来上がった一杯のミネストローネの写真が掲載されていた。

自宅へ帰った綾子は自動車を降りてガレージのドアを開き、ふたたび自動車のなかの人となり、インパラをガレージのなかに入れた。定位置にインパラを停め、エンジンを停止させて外に出た。ガレージのドアを閉じて内側から鍵をかけた。

ガレージのなかから家に入るドアのロックを解除し、キチンのテーブルへいってバッグ

からフリーズドライのふた袋を取り出した。ミネストローネが二個だ。テーブルにならべて観察した綾子は、ふたつとも夕食に食べよう、と思った。ご飯を炊飯器で炊いて、ミネストローネの種類違いを一杯ずつ。悪くないのではないか。ご飯が炊けるまでの時間をどうするか。綾子は椅子にすわった。久しぶりに酒にするか。買い物のついでに買ったスコッチがある。あれを開けよう、と綾子は思った。

# あとがき

小説を書く、という主題で集めた短編小説が、八篇ある。そのうちの一篇では、自分は小説を書く、とかつてはしきりに言い、いまはまったく言わなくなった男性から閃きを得て、自分が書けばいいのだと決意し、編集者の熱意ある賛意を得て、書き始める女性が主役を務める。もう一篇では、自分の時間を存分に得た女性が、小説を含めて自分の文章をやがて書くだろう、と予測させる内容だ。残りの六篇は、三篇ずつに分かれる。自分は小説を書くのだと言い始めた、二十代前半の男性が主人公を務める短編が、三篇ある。すでに作家として小説を書いて多忙な、三十代前半の女性が登場する短編が、おなじく三篇だ。

自分は小説を書く、と言い始めた男性。すでに作家になり、小説その他の文章で多忙な日々を送っている、女性。彼女たちが三十代前半で、男性たちは二十代の後半だ。五年から七年の差がある。短編をひとつ書くときには、物語を支えつつ前へと進めていくのにもっともふさわしい人物を、書き手の僕は造形している。三篇ずつに分かれた六篇の短編も、例外ではない。どれをもひとつずつ僕は考えて書いた。結果として、男性たちの年齢は共通し、まったくおなじことが、女性たちを主人公にした短編にも言える。造形のなかでもっとも早くに手をつけなくてはいけないのは、人物たちの年齢だ。年齢をきめないことにはどうにもならないのが、日本だろうか。生活の状況すべてを年齢が決定する。それが日本だ、という言いかたも出来る。

　フリーランスのライターをしている男性が、自分はまもなく小説を書くのだ、と周辺にいる人たちに言い始める年齢が、二十代のなかばなのだろうか。自分はどうだったのかい、と僕のなかのもうひとりの僕が訊く。二十代なかばの僕は多忙だった。したがって思い悩む余裕はなかった。しかし、行く手にあるのは、詩、評論、小説の三つしかないよ、という話は先輩から聞かされていた。どの三つも自分からは存分に遠いではないか。その僕が最初の短編小説を書き、作家としてデビューしたのは、三十四歳のときだった。きみは小説を書け、と僕に言った人は、ここで小説を書かなければきみは駄目になる、とも言った。駄目にはなりたくないが、その前に、僕は彼の意見に全面的に賛成だった。ここで小説を書かなければ自分は駄目なのだ、という思いを僕も等しく持っていた。だから僕は小説を書いた。

小説を書くために、僕はかなり無理な跳躍をした。跳躍はうまくいった。あとは続けるだけだ。人が小説を書くことは、それじたい、小説的なことなのだろうか。二十年ほど前から、人が小説を書くこと、その小説はどんな内容なのか、なにをきっかけに発想したのか、といったことを主題に、僕は小説を書くようになった。

二〇二一年四月　片岡義男

## 片岡義男（かたおか・よしお）

一九三九年東京生まれ。早稲田大学在学中にコラムの執筆や翻訳を始める。七四年「白い波の荒野へ」で小説家としてデビュー。翌年発表した「スローなブギにしてくれ」で野生時代新人賞受賞。小説、評論、エッセイ、翻訳などの作家活動のほかに写真家としても活躍し、数多くの著作がある。

＊「イツモクルオンナノヒト」「あとがきを書いてください」「金曜日、雨模様、気温8度」「黒いニットのタイ」「ただそれだけ」「レモネードとあさりの貝殻」の六篇は、片岡義男.com「短編小説の航路」掲載作品です。「どしゃ降り餃子ライス」は片岡義男.com「短編小説の航路」掲載後、「小説TRIPPER」2020年秋号に掲載された「餃子ライスにどしゃ降り」から着想を得た書き下ろしです。「ミネストローネ」は書き下ろしです。

いつも来る女の人

二〇二一年五月二八日　第一刷発行

著者　片岡義男

発行者　小柳 学

発行所　株式会社左右社
一五一-〇〇五一
東京都渋谷区千駄ヶ谷三-五五-一二
ヴィラパルテノンB1
TEL　〇三-五七八六-六〇三〇
FAX　〇三-五七八六-六〇三二
http://www.sayusha.com

装画　狩野岳朗

ブックデザイン　鈴木成一デザイン室

印刷・製本　音羽印刷株式会社


ISBN978-4-86528-033-3　JASRAC 出 2103933-101